生きる道

生きる目的を求めて

谷村久雄

序文　分け入って見えてくるもの

丸山　武
（陶心）

大学で彼（谷村）と出会ってから四十余年……卒業後も文学や芸術を通して親交を深めてきた。彼は文字通り折り目正しい真面目で誠実な学生であった。

この二十年あまり日本に居場所を見出せず、外国にその場所を求めて私なりの人生を生きていた異国の地に、彼は作品を送って来る様になった。

それらの作品の幾つかは、入選や賞を受けるまでに成長していったのである。

作品が送られてくる度に、批評めいたことを勝手気儘《まま》に綴ってきた。この度、これまでの作品をまとめ自費出版する旨、その序文を依頼され重責だがお受けすることにした。

彼は不断に真摯誠実に人生に対峙し、人生というものを、人生の意味を問い続けてきた。そして今尚一層それを実践している作者の一人である。それは文学や哲学をこよなく愛していた学生時代から一貫して不変の彼の生き様であった。それはこの時代にあって、野武士の風格さえ帯びている。彼にあっては文学や哲学と向かい合うことが、唯一、生きることであったし、今尚、一層そうである。

千変万化する文明の狂気じみたスピード、様々の価値観の崩壊、未来の光も見えない本物不在の、人間不在の閉塞する混迷の現在…それらを想う時、ヒューマニティにあふれる彼の文学は希有な存在なのかも知れないと思うのである。

そして何より流麗な彼の文体には、一気に楽しく読ましてくれる魅力がある。その爽《さわ》やかさ、心地よさは己の信じる道を頑固なまでに不断に生き抜こうとしている彼の生き様に由来しているのであろう。

人生という神秘な手強い相手に不断に対峙して誠実に生きてきた一人の人間の人生の軌跡が、彼の文学に刻印されているのである。

閉塞し、混迷を極める現代…その軌跡に分け入り辿りゆくことに意味がある、と私は信ずる。

分け入ってく何が見えてくるか。私たちの人生に於いて、これまで見えなかったものが、見えないものが、見えてくるはずである。

（クレイ・アーティスト）

生きる道　目次

評論編

小説編

随筆編

萩焼に生きる友

一昨年の秋ごろ、一通の封書が我が家に舞い込んできた。中に「萩焼個展」の案内状が入っていた。

「死にもせぬ、旅寝の果ての…そんな旅人ではない。いずれは快く健やかでないにしろ、己れの塒《ねぐら》へと還《かえ》りゆく旅人なのだ…」

そんな詩を残し、山口県の萩へ旅立った大学時代の友人、丸氏からであった。病をもつ人間の方が「生」への執着が強いように、

「何か、手応えの感じられる仕事をしたい」というのが彼の口癖だった。

十年程前、自分が萩を訪れたときは、「毎日、製品造りに追われ創作までは手が届かないよ」と苦笑していたが、あのときの丸氏の顔が懐かしく思い出された。

東京に降り立ち、汗だくで都会の雑踏をかき分け、池袋のあるデパート四階のギャラリーにやっと辿り着いた時、そこに丸氏の姿があった。ガッチリと握手をした後で、「本当によく来てくれたな。とにかく、まず見てほしい」と早速、会場を案内してくれた。ずらりと並んだ力作の中で、すぐ眼に入ったのが十数個の大きな壺であった。火色壺をはじめとした豪華な壺であり「これが萩焼だろうか」と、眼を見張った。

井戸茶碗

その両サイドには、茶道でよく使われる抹茶茶碗、井戸茶碗、微妙な色合の茶入などの茶器が並び、思わず手に触れてみたくなる温もりを感じた。

その他、灰被《かぶり》手桶花入や華やかな裡に静穏な美をもつ花瓶などが、会場いっぱいに陳列されていた。

丸氏に感想を聞かれ、「焼物のことは、よく解らんから言葉にならないよ」と答えると、「むしろ素人の眼の方が恐いんだよ…」と丸氏は冗談半分に言いながら、「ウーム、確かに陶芸は言葉のいらない世界かもしれんねぇ」と今度は真顔で頷き呟いた。

会場の片隅に、不思議な存在感のある一風変わった形をした大きな灰色の置物があることに気がついた。それも丸氏の作品か尋ねると、「そうだよ」と、小さく頷いた。

「それ、何だと思う?」と逆に聞かれ戸惑っていると、「廃墟」(をイメージした作)だというので驚いたが、かつて、丸氏が東北を旅したときの詩を思い出し納得がいった。

「本州の果て、龍飛岬の遥か沖合に浮かぶ漁火…それは、侘《わび》しさの極み…廃墟に葬り去られた無縁仏が灯す流し灯籠のように寒々と連なっている…」

といったものであったが、永劫の時の流れを彷徨《さまよ》う友の姿が見えてくる。

孤独から逃れようとしても、また孤独に還ってしまうあの若き日の苦悩がそこに感じられた。やはり人は意識するしないにかかわらず、ある一つの定まった道を行くしかないのだろうか…と、ふと物思いに浸っていると、

「こんな所に廃墟を持ち込んだりするには、俺くらいのもんだろうな」と、無邪気に丸氏は笑った。

丸氏は以前、作品を仕上げる時、いつも、「これが最後の作品になるかもしれない」と、

まるで遺書を書くような心境で、心魂を傾け創作すると言っていた。

それは丸氏が中学の頃、心臓の手術で、死の恐怖と闘ったことがあるからだろう。今でも胸に大きな傷痕が残っているが、手術の前に一生懸命、世話をする彼の母に、「そんな事をしても無駄だよ。どうせ死ぬんだから…」と、つい言ってしまったという。「その時の、母の辛く哀しそうな顔を生涯、忘れることはないだろう」と涙ながらに話してくれたことがあった。

死の影に怯えながらも、孤独に耐え「淋しい道でも一人、突き進んで行かなければならないのだ」としみじみ語る。

川っ縁にぽつんと立つ木造の小さな仕事場で、彼は一人、仕事をしている。日中の仕事が終ってから夜遅くまで、もくもくとロクロを回し、寝る間もなく焼物の研究をするという話だ。陶器づくりという沈黙の世界で、丸氏はいったい何を見たのだろうか。苦労せずとも生きられる時代に彼は、あえて茨の道をえらび、そして今では一人前の陶芸家に成長したのだ。その事

実の前で、自分はただ呆然としていた。

会場を訪れる人たちに親しげに声をかけ、楽しそうに焼物の話をする彼の眼は澄んでいた。真摯に生きる人の顔だった。

別れ際、「学生時代から、いろんな出会いがあったけど、多くのいい友人のお陰で今の俺がある。君もその一人だ」という言葉に自分も涙が溢れそうになった。

丸氏の運命を決定づけたのは、彼が死を意識した時にみせた彼の母のあの優しくも「哀しそうな顔」だったのかもしれない。

その母のためにも、歯をくいしばり、一途に陶芸に打ち込んできたのであろう。

あの登り窯の前に佇み、じっと奇跡を待ちながら、無限級数を追う友の姿が車窓に浮かんできた。

火色壷

（平成五年　岩手日報随筆賞入賞）

心の故郷《ふるさと》

変化に富んだ海岸線を持つ三陸久慈の海は美しく、見る者の心をつかんで離さない。しかし、ほおをなでる早春の海風は、なぜか寒々としていた。

波荒き　北限の海の浜辺には
我が若き日の墓標あり
焼き捨てられし　過去の集積は灰になり
砂に混じり　遠々と流れ去りぬ…

と、やや感傷的な詩を口ずさみ、眼に涙したのはいつの頃だったろうか。

横浜での学生生活に別れを告げ、久慈の浜辺で日記帳を焼き捨てたのは、もう二十年も昔のことである。大学時代の友人もそれぞれ郷里に戻り、新たな一歩を踏み出していた。自分も岩手にて教師として生きる決心をすべく、波荒き久慈の浜辺に立った。打ち寄せる波が容赦もなく、すべての過去を洗い流そうとする前に、砂に混じった灰を急いでかき集め、砂上に墓標を立てた。しかし、その気持ちとは裏腹に、我が魂はいつか横浜の街をさまよっていた。

学生時代、よく行ったなじみの古本屋、定食屋、そして銭湯など皆、懐かしい所である。自分の下宿から大学まで、そう遠くない道すがら、何人かの友人の下宿やアパートなどもあった。よく寄り道をしてコーヒーなど飲みながら、時のたつのを忘れ、語り合ったのもつい昨日の事のようである。

「君には、個性の強い友人が多いね」と、よく人に言われたが、言い換えれば「毛色の変わった友人」が多いとも取れる。確かに中には、何人か変わり者がいた。

変わり者と言えば、大学を卒業し二、三年間、いろいろな仕事をしては長く続かず、次男ながら農業を継いだ友人もその一人だ。

ある時、この友人のアパートで夕食をご馳走なったことがある。自分の好きなカレーライスだったが、中になんとゴボウが入っていた。

「これゴボウじゃないの?」と驚いて聞くと、当人は案外のんびりしたもので、「人参もいいが、ゴボウもいいじゃん」と、ニヤリと笑い平気な顔をしていた。

後にも先にもゴボウ入りの、それも根まで入ったカレーライスなど食べたことのない自分は、呆れてさらに文句を言おうとしたが、壁のあちこちに張ってある仁侠映画のスターが睨んでいるような気がしてやめにした。

その後、一宿一飯の渡世の義理ということで、この友人に仁侠映画を観に引っ張り出される破目となる。せっかく文学青年を決め込んでいた自分もだんだん感化され、すっかり仁侠映画が好きになってしまったのも何かの縁だったのだろうか。

その頃、大学は学生運動が日増しに激化し、活動家が下宿にまで押しかけてくるあり様であった。自分の悩みで頭がいっぱいという時だっただけに、憂うつな毎日が続いていた。

ある日、例のごとく活動家を自称する級友たちにやり込められ、すっかり落ち込んでいるとき、

「とにかく迷うのが青春だ。学生時代は人生を模索する時だ。悩み多き時を過ごすほど人は成長するんだ」と力づけてくれたのが、なんとあの変わり者の友人だった。

何年か前に彼の郷里である豊橋で、久しぶりに再会したとき、

「農業って大変だろう?」と聞いたら、

「なぁに、機械が、みんなやってくれるよ」と、相変わらずであった。そんな友人の手前、自分も一人前の教師のような顔をして別れたが、内心、寂しさが残った。

人は誰でもいつか自分の青春期と別離しなければならない。はっきりした一線を引くことはできなくとも人生の分岐点を意識したとき、そのときが青春時代との決別の時なのだ。

…ああ哀れ　我が魂よ
時の淀みの裡に　その身を沈め
返りこぬ夢を見るがいい…

眼を閉じると、遠くの海鳴りが恐ろしい勢いで、頭上に迫ってくるような気がした。

我が心の故郷（ふるさと）である学生時代を影のように引きずりながら生きている自分を責めるかのように…。

（平成五年『北の文学』二十七号）

おんばさんの涙

停車場にぽつんと独り、待っていたおんばさん（祖母）が、顔を崩し嬉しそうに私を出迎えた。もう彼此《かれこれ》、小半時も首を長くして汽車の到着を待っていたという。停車場に降り立つ乗客は少なく、辺りは森閑としていた。

子供の頃よく、休みになると父の生家であるおんばさんの居る田舎に行って何日間かを過ごした。そこは歌人啄木の古里にも近く、裾野をゆったりと広げた姫神山や主峰、岩手山が間近に見えた。

田舎に遊びに行くといつも、おんばさんは豆やトウモロコシを煮てくれたり、搗き立ての餅などをご馳走してくれ、それが子供のころの私には楽しみの一つであった。

おんばさんは鶏を数羽、放し飼いにしていた。ところが、よく隣の鶏がやって来て、おんばさんの鶏に悪さをするというのだ。堪忍袋の緒を切らしたおんばさんは、ある日その鶏を懲らしめようと家の陰に隠れ、その鶏が来るのを待っていた。まもなく一羽の鶏が疾風《はやて》のごとくやって来たが、そこを透かさず持っていた箒を使い、おんばさんは見事な早業でその鶏を一撃してしまった。そばで見ていた私は思わず「やった。やったあ」と手を叩き喜んだ。しかし、当のおんばさんは意外にも悔しそうな顔をしていた。聞いてみると、なんと間違って自分の鶏をたたいてしまったというのだ。それには私もがっかりしたが、その剣幕は、鶏たちにも通じたろうと思った。そういう勇ましい面を合わせ持つおんばさんだったが、私たち孫にはとても優しかった。

農家の朝は早く、私が眼を覚ますころにはもう、おんばさんは田畑に出て仕事をしていた。ある時、珍しく独りでお茶を飲んでいたおんばさんが、昔の事をしみじみと話してくれたが、それが今でも心に深く残っている。

「昔は田も畑もいっぺあって、良かったのス。今は猫の額みたいなもんだども…」

おんばさんは、ぼんやりとそんな事を呟いた。聞くところによると、戦争や不況といった政情不安の中で、経営の失敗もあって、所有していた田畑の大部分を失ったという。その後、夫の夭折という予期しない不孝にまで見舞われ、生活も次第に苦しさを増したようだ。

　女手一つで、残された六人の子を育てる苦労は並大抵のことではなかったであろう。長い間の農作業で腰もすっかり曲がり、痩せた背中が痛々しかった。

「おんばさんも苦労したんだネ」と私が言うと、おんばさんは一点をじっと見つめ、

「真っ黒ぐなって働いたども、そんなごどは苦労の内でねえのス。一番辛《っ》れがったのは…」

　おんばさんの細めた目尻から、スーッと涙が一筋流れた。突然の事で私はちょっと驚いたが、おんばさんは、戦死した長男のことを思い出していたのだ。それは、おんばさんの生涯で、もっとも哀しい出来事だった。おんばさんは声を詰まらせ、大きく一つ溜息をついた。

「あんなに辛《っ》れ思いをしたごどはねぇナ。どごがで生きでるような気がして諦めきれねがったのス」と言いながら、流れる涙を拭こうともせず、悔しさと切なさの入り混じった表情が、深い皺に刻まれた顔に浮かんだ。それを見て、私も子供心におんばさんを可哀相

に思ったことを覚えている。

当時は、名誉の戦死を哀しんだり、戦争を恨んだりはできず、そんな事をすれば、「非国民」と責められる時代である。人前で泣くわけにもいかず、皆が帰ってから、おんばさんは裏の畑に行って、人目を憚りながら嗚咽したという。息子を失うという深い哀しみにも浸ることが許されなかったとは、いかに戦時中とは云え、なんと惨い事であったろう。おんばさんは、その訃報の後も、帰って来るはずのない息子を迎えに毎日のように停車場に足を運んだという。最後の別れの場所となったあの寒々とした停車場にいつまでも立ち尽くすおんばさんの小さな後姿が眼に見えてくるようだった。

長男の死後、遺品の中から、啄木の小冊子『一握の砂』と七十八回転のレコード『啄木の歌』が出てきたが、私が眼にしたときには大分、染みが目立っていた。よく見ると、それはおんばさんの涙の跡のような染みだった。どんな時代であろうとも、子を思う親の気持ちに変わりはないと私は涙を禁じ得なかった。そのレコードをかけると美しい旋律に乗って、啄木の歌が流れた。

「東海ノ小島ノ磯ノ　白砂ニ…」

啄木の歌をこの上なく愛した長男の伯父も享年は、ちょうど啄木と同じ年代であった。望郷の思いを果たせぬまま、ニューギニアの海に散っていった。さぞかし無念であっただろう。

時はその流れの中で、人々の哀しみを和らげてはくれるが、その一方で、忘れ得ぬ過去の苦汁をも永遠の彼方に埋没させてしまう残酷さを持っているようだ。戦争が終り、早、半世紀もの歳月が流れようとしている。今の平穏な生活も祖先の貴重な命の代償なのだと思えてならない。

実家の人達の手厚い看護を受け、百歳という長寿を全うしたおんばさんも、数年前、その生涯を閉じた。知らせを聞いて駆けつけた私に実家の人がこんなことを話してくれた。私が田舎にやって来る日、おんばさんは朝からそわそわして落ち着かなかった…と。それはたぶん、あの戦争に行った長男が帰ってくるような…そんな夢とだぶらせていたからだろうと私は思う。しかし、もうそのような哀しい夢を見る必要はないのだ。きっとあの世で愛しい息子と再会していることであろう。
線香の煙がゆらゆら揺れて、それが眼にしみた。気がつくと懐かしいおんばさんの写真の前に座し、合掌する私の眼から止めどなく涙が流れ落ちていた。

（平成六年　ＩＢＣノンフィクション大賞入選）

書斎の主《ぬし》

夏休みに入ったある日のこと、私は書斎の本棚から、三巻物の書物『勝海舟』を持ち出し、それを中学の息子に読むように勧めた。　ところが、息子曰く、「幕末や明治の物を読めなんて、父さんも案外古いんだね。今は時代が違うんだ」と、ぜんぜん相手にしてくれない。期待に反した息子の態度に少々面喰った私は「どんな時代でも、変らないものがあるんだよ」と力説し「少しでもいいから、読め」と言ってみたが、息子の困った顔を見て無理じいはやめにした。

書斎に戻り、改めてそれらの書物を見てみた。外側のケースはまだ、それほど痛んでいないのに本体の方は布表紙とはいえ、ひどく変色し歪んでいる。

本の真中を開くと、昼寝のとき不用意に被って寝たらしく、頬っぺたの形のまま黄ばんでいた。おそらく、そんなに長い付き合いになるとは考えぬ頃の仕業であろう。幕末の偉人のものでも読めば、少しは意気消沈した心を奮い立たせることができると考えたのか、本のあちこちに傍線も引かれている。

思えば、この三巻物の書物を手に入れたのは、仕事に就いて二年目のことであった。その頃は県北の海辺にある町の民家に下宿していたが、四月になってもまだ肌寒く夜ともなると炬燵に火を入れ、机がわりにそこで本を読んだりテレビを見たりした。ちょうど、その年、ＮＨＫの大河ドラマでも『勝海舟』が放映され、毎週、楽しみにしていた。

テレビのスイッチを捻ると、荒々しい波間に咸臨丸が姿を現し、それがみるみる画面いっぱいに拡がり、私は、思わずテレビに釘付けになったものだ。

海舟は、数々の逆境を乗り越え、幕末という激動の時代を背負って立つ人間へと成長していく。時代が「人物」を創るとも言われるが、身を危険にさらしてまで海舟を駆り立てたものは、いったい何であったのか？

テレビを見た後、三巻物の『勝海舟』を手にする私の胸の裡に熱いものが込み上げてくることがしばしばあった。どうやら、それらの書物が涸れた井戸のような私の脳髄に「迎え水」の働きをしてくれたようである。

理想と現実の狭間の中で挫折を繰り返し、迷妄の世界を彷徨う私を何度も救ってくれた書物への礼を兼ね、海舟ゆかりの氷川神社を訪れたのは数年前の夏の日のことである。

夏の真盛りとばかりに鳴く蝉の声までが暑さをそそり、さすがに参拝する人影はまばらであった。本殿わきの石段を降りると、神社の一角に海舟が命名したとされる『四合の社』が眼についた。近くの立て札には『五合に一合足りぬ四合稲荷は、欲を出さないことが幸せになる秘訣と、海舟が「四合」を「しあわせ」と読んで、豊作と万民の幸福を祈願し名付けた社である』と記されてあった。

幕末の頃、海舟はこの境内で江戸市民を救う方策、江戸無血開城について模索していたのかもしれないと、ふと、そんな感慨に浸った。

それから私は『四合の社』にもう一度、手を合わせ、機知に富み先見の明があった英傑を偲びつつ、氷川神社を後にした。

長い年月、勝舟の化身であるこの書物は私に様々なことを語りかけてくれた。そして、今では『書斎の主』として不動の地位を築いている。染みや埃にまみれ、時には小さな虫が這い出してくるが、私はそれを新しいものと換えようとは思わない。

書斎を出ようとすると、微かに黴の臭いが鼻をついた。まるで、書斎の主が自分の存在を誇示しているように私には思われた。

耳を澄ますと、息子の部屋から今流行の音楽が流れてきた。音楽ばかり聞いている息子だが、いつか本を読む日が来るまで、私はその三巻物の書物を大事に取っておきたいと思っている。


（平成七年　岩手芸術祭　随筆部門　佳作）

北上川の源泉

やわらかに柳あおめる北上の　岸辺目に見ゆ泣けとごとくに　短歌をはじめとして啄木の歌のほとんどは異郷の地にて作られたと言われる。故郷を離れ、遠く岩手を思うとき、すぐ脳裏に浮かぶのが北上川であり岩手山であろう。

小学校の低学年のころ、学校で地図帳を見ながら岩手の山河について調べたことがある。南部富士と称される岩手山は期待していたより低く、全国では二十四番目ぐらいであった。しかし北上川は全国の川の中で五本の指に入る長さであり、それを知ったときは、友だち皆と手を取り合って無邪気に喜んだことを覚えている。

子供のころから何度も目にする北上川は、堂々たる大きな川というイメージがあった。ある時は開運橋の下を流れ、またある時は宮沢賢治が名付けたイギリス海岸をとうとうと流れるまさに大河であった。

岩手町の北上川の源泉と言われる「弓弭《ゆはず》の泉」をはじめて訪れたのは、肌を焼くほど強い陽射しの日であった。弓弭の泉は苔むした岩の下からわき出し、ちょろちょろと流れていた。その清水をしばし眺めていると、自然の偉大な側面を見る思いがし、「この小さな湧き水が、いつかあの大河になるのか」と、ある感慨が身のうちを走るのを覚えた。すぐそばに樹齢千年以上という大杉があり、雷に焼かれ枝葉を失った姿には、悲哀とともに長い年月を耐え貫いた老木の重みがあった。

沼宮内駅から北へ約十キロほど行った所に御堂観音堂があり、その石段を上った境内の奥から弓弭の泉はわき出ている。

立て札には「天喜五年六月、打ち続く炎暑に苦しんだ源義家が救世を祈願し、弓弭で岩をうがったところ泉がわき出し、それが北上川の源泉と称されるようになった」と記されている。

百科辞典には北上川について「岩手、宮城両県を北から貫流する全長二四九キロの東北第一の河川。岩手県北部の七時雨山に源を発し、奥羽山脈と北上山地との渓谷を南下し、宮城県の追波《おっぱ》湾にそそぐ大河」とある。国土地理院の地図では御堂観音のある辺りの岩手町北部を北上川の基点にしているようだ。

源についてはいろいろの説があり、また源流と源泉では多少意味が異なり、あくまで源泉としての「弓弭の泉」は史実から探り得たものであり、文献も残っているらしい。壮大な歴史のロマンを感ぜずにはいられない。

昔から水は貴重なものであり、北上川を中心とした多くの河川が岩手の産業を支えてきた。特に農業にとって水は必要不可欠なものである。豊かな水と天候に恵まれ、今年もぜひ良い収穫であってほしい。

栄枯盛衰の時の流れを越えて、湧きいずるあの「弓弭の泉」をもう一度訪れ、豊作を祈願したいと思っている。

（平成五年　岩手日報　ばん茶せん茶）

姫神登山

九月の末になるともう初雪が降り、間もなく冬山の様相を呈する富士山頂には秋がないと言われるが、一方、今年の岩手の山々には夏がなかった感じさえした。雨続きで登山のチャンスが少ないまま、秋を迎えた。

しかし私にとってはこれからが登山にはもっとも良いシーズンである。登山というか山歩きを始めたのは十年ほど前からだ。職場に山好きな人がいて、何人かで岩手山に登ろうという話が持ち上がり、参加したのがきっかけである。足慣らしによく行ったのが姫神山だった。その後も毎年、何度か足を運ぶようになり、すっかり姫大明神にとりつかれてしまった。

姫神の魅力はその形だけではなく、山頂からの眺めと高山植物、そして豊かに湧き出る

「姫神の水」にもあるようだ。

八月も終りに近いある日、何度目だろうと考えながら姫神山の登山口に立った。うっそうと茂る杉の林の中は日も通さず薄暗かった。

その中を突き進んで行くと樹齢三百年以上という一際太い幹を持った一本杉が目につく。すぐそばに悠久の大自然の恵みである「姫神の水」がこんこんと湧き出て流れている。

「やあ、またやって来たぞ」と声をかけ、水筒に水を入れ、口をすすぐ。森林浴を意識して大きく深呼吸をするとなぜか力がわいてくる。しかしその日の登りは意外につらく、足取りは重かった。

それでも近年つくられた階段は避け、一歩一歩踏みしめるように進んだ。十分ほどすると汗が出て、エンジンがかかってきた。

「やっぱり少しぐらい苦しくなければ登山ではない」と自分に言い聞かせながらも、八合目まで一気に登った十年前が懐かしく思われた。

登り途中の見晴らしが悪いとか、登山道が（雨の後は特に）滑りやすく、さらに急で登りづらいと敬遠する人もいる。

確かに急斜面もあり悪路と思われる所もある。だが九合目あたりになると岩場があり、急に開けた眼下の景色や雄大な岩手山と対座したときの、あの気の遠くなるような爽快さは捨て難い。

山頂で飲む「姫神の水」はまた格別。同じ水でも味が違うのだから不思議である。登山は苦しい人生を生きる知恵のようなものを私たちに教えてくれるのであろう。

もともと山は神聖な所であり、昔は山伏も身を清めて登ったと言われる。特に姫神山はその名の通り、姫大明神をまつり、山岳信仰の霊山であり、修行の場であったらしい。

わずらわしい日常生活や都会の喧騒を離れ、一人静かに過ごす一つの方法が、自分にとっては山歩きなのである。

姫神は盛岡から比較的近距離にあり、休日に本も読みたい、山へも行きたいという欲張りな自分にとっては持ってこいなのだ。

「あのおじさん大丈夫かな…だいぶへばってるみたい」という声を背に受けながら、私の登山はまだまだ続く。

（平成五年　岩手日報　ばん茶せん茶）

アロエと健康

「今年はどんな年になるか?」サッと引いたおみくじは残念ながら小吉だった。「しまった」と思ったが、後の祭り。

がっかりしていると下の子(息子)が「きっと、ここの神社は小吉が多いんだよ」と言うので、妻も私も上の娘も大笑い。この笑いが大吉かもしれないと気を取り直す。

新しい年を迎え、一年の健康を願わぬ人はいないだろう。しかし健康は本人の努力なしでは実現が難しく、毎日の心掛けが左右すると言っても過言ではない。

わが家では常備薬としてアロエを利用することが多い。アロエは決して薬というものではないらしいが、軽い胃痛を和らげたり、せき止めとしても効果があるようだ。内側のゼリー状の部分はやけどにもよく効くことで知られている。

やけどにさえ効くのなら、ちょっとした粘膜の炎症を治すのは当たり前だとうなずける。

アロエの栽培をはじめて十五年ほどになるが、今では株分けをして大小十鉢のアロエが狭い部屋をさらに狭くしている。葉を千手観音のようにあちこちに広げ、決して美しいとは言えず、サボテンのようにトゲまである。

大きいものでは背丈が四十〜五十センチもあり、直径二十センチの鉢が根であふれそうになっている。トゲが鋭く、葉は肉厚で弾力のあるものが良いとされる。若いものよりは少し年月のたったものな方が薬効はあるらしい。

ときどき葉を切り、トゲをとって皮をむき、ゼリー状の部分五センチぐらいを胃薬がわりにする。もともと子供たちが小さかった頃、せき込んで苦しそうなときに、葉ごとおろし金ですり、ハチミツを入れてぬるま湯で薄めて飲ませたりした。それが不思議とよく効いた。自分ものどが痛かったり、せきがひどいとき愛飲し、助かったこともある。

アロエの原産地は、地中海沿岸と南アフリカで、歴史をひもとくとアレキサンダー大王が紀元前にすでに栽培していると記されている。日本に渡ってきたのは鎌倉時代で、実際使われるようになったのは江戸時代になってからという。

健胃剤として抜群であり、新陳代謝を促進するだけでなく、体質改善、がんの予防にもなるとか。菌の増殖を抑え、毒素を中和する働きが万能薬としていろいろの病気に効くらしい。アロエに健康を維持する効果があるとすれば、本当に強い見方である。

強い味方のアロエも寒さには弱い。冬は部屋に入れて凍らせないようにしなければならない。

にがいので飲み方の工夫も必要だ。飲むとき「良薬は口に苦し」と昔から言われている格言を思い出すのも一法であろう。健康でも何でも努力なしでは得られぬものと自らに言い効かせ、不況の時代を元気に乗り切りたいものである。

（平成六年　岩手日報　ばん茶せん茶）

虫の命

雑草だらけの我が家の庭を見て「ずい分、虫が鳴くようになったわね」と妻が言う。手入れの行き届かないことを言われた気もしたが、「もう、秋という感じだな。それにうちは草が豊富だから、虫も住みごこちがいいんだろう」と私はすまして答えた。

秋の到来を私たち人間はまず虫の声によって知らされる。それを好む人もいれば、寂しい虫の声をあまり聞きたくないと言う人もいる。特に悲しい出来事の多い年は余計、物哀しく聞こえるようだ。

虫の中には嫌われものの虫もいて、私たちはちょっと蚊に刺されても大騒ぎをするし、ハチなどは怖い虫の代表格だ。しかし、むしろ蝉やカブト虫、アゲハ蝶のように私たちを楽しませてくれる虫の方が多い気がする。

私も子供の頃、カブト虫やクワガタ虫を山から捕ってきては、リンゴ箱に網を張った手作りの虫籠で、何匹も飼っていた。

夜中、寝ているとき、籠のすき間から這い出し、頭上をブーンとうなり声を上げて飛ぶ勇敢なカブト虫もいた。静かな真夜中、何事が起きたかと思うほど大きな音に私は寝ながら腰を抜かしたことがあった。電気をつけて、弟と大捕物帳を演じて取り押さえたものだが、せっかく自由になったカブト虫にすれば、いらないお節介だったかもしれない。

カブト虫は孵化してから一年ほどで成虫になると言われている。蝉の方は成虫になるまでに地中深くに潜み、木の根の汁などを吸って成長し、七年もかかって地上に出てくる。このことはよく知られているが、蝉もカブト虫も一夏のはかない命であることに変りはない。自然の摂理とはいえ、なんと過酷なものであろうか。

息子が小学の低学年の頃には市販の立派な虫籠でカブト虫を飼っていたので、逃げ出す心配はなかったが、夏休みのある日、数匹いるうちの一匹が死んでしまうという出来事があった。今にも泣き出しそうな息子に「そんな時は穴を掘って埋めて、お墓を立ててやるんだよ」と言って慰めてやった。

しばらくして様子を見にいくと、息子は一人で庭の隅に割箸のお墓を立てて拝んでいた。その割箸には『カブト虫さん、やすらかにお眠りください』と小さな文字で書かれていた。命あるもの、いつかは死す…という現実を人は誰でも味わうことになるのだが、息子もいい勉強をしたと思う。妻もそれを見て目を細めていたが、「強い子に育ってくれればいいけど…」と祈るようにそう言った。「たしかに今の世の中、いじめの問題やら、油断ならんからな」と私も息子のことが案じられた。息子にもこれから多くの試練が待っているだろう。その小さな後ろ姿を眺めながら、息子を強い子にするにはどうしたら良いかと頭を悩ませたものだ。

そんな人間社会の悩み事など知らぬ気に、勢いを増す雑草の中で、コオロギやキリギリス、そしてウマオイ（スイッチョ）たちが、今まさに自分たちの出番だとばかりに元気に交響曲を奏でている。

（平成七年　岩手日報　ばん茶せん茶）

フィリピンからの手紙

ここ数年、毎年のようにフィリピンから手紙が届く。萩焼をやっている友人が、マニラの大学で焼物の講義を頼まれ、年に何か月間か、フィリピンに滞在するようになったからだ。もともと彼も私と同様に英文科の出身なので、英語での講義も困らないらしい。

この友人とは三十年以上も封書で、手紙の（賀状も）やり取りをしているが、作陶の日々を送る彼に年賀状を出した時、葉書では物足りない、教師は休みがあるから手紙ぐらい書く暇があるだろうと言われ、私もなるほどと納得して、それからは、休みに入るとせっせと長い手紙を書いてきた。

フィリピン滞在中の友人の住所は聞いたことのない地名があったりするので、私も英語教師だったとは言え、かなり困惑した。最初に出した時は、何かの手違いか、届くのに一か月もかかったと聞いてさすがに驚いた。

フィリピンは年から年中とにかく暑いらしく、季節を問わず、手紙にはいつも暑くて敵わないと書いてている。作陶歴三十数年、すでに数々の賞を受賞し、国内でも何度も個展を開いている友人だが、フィリピンまでわざわざ出掛けて行くにはそれなり理由があるのだろう。異国での生活は孤独感や不安な気持ちに襲われることがあると、書いてくることもあったが、芸術をやっていく限り逃げる訳にはいかないのだろうと私なりに推測している。

私自身、体調不良で早々と退職し、携帯電話も持っていない。そして相変わらず手書きの手紙を書いているが、フィリピンまでの切手代も割合安いのであまり負担にならない。「異国にて一人、生きぬる夜のしじま…」友人の手紙の最後に書かれた哀愁を帯びた短歌を横目に、やはり手紙が一番安上がりだと、ちょっと痩せ我慢をしながら、異国の教壇に立ち、日本の芸術を伝える友の勇姿を思い浮かべ、きょうも手書きで手紙を書いている。

（平成二十年　岩手日報　ばん茶せん茶）

苦手な英会話

「私は英語を話せません。だから話しません」なんとも歯切れのよい返答である。しかし、これはこの度、ノーベル物理学賞を受賞した益川名誉教授がメディアの前で堂々と言った言葉であるから、私も正直驚いた。

しかしニコニコ笑った無邪気な表情で、はっきりと物を言う教授の姿には清々しささえ感じられた。私自身も英語の教師をしていたとは言え、途中退職して、ここ二、三年ほとんど英会話の実践をしていないのでかなり錆び付いている。

遠い記憶を辿れば、私の英語熱を喚起してくれたのは中一の時の英語の先生であるが、「英語を勉強すれば、ただで外国に行けるぞ」という一言だった。しかし、英才教育一つ受けていない私にとっては「マイネーム」が「マヨネーズ」と聞こえたり前途多難であった。友人と近くの塾に通ったり、とにかく必死で英語の勉強をした。

学生時代は、「駅前留学」よろしく、黄昏どきになると、横浜駅前のタクシー乗り場に行き、後の方に並んでいる観光客らしき外国人に話しかけ、数分間、無料で英会話の練習をした。そんな方法を繰り返したり、英会話では私も大分、苦労をしたが、そのかいもなくスチュワード（女性はスチュワーデス）試験に落ち、ただで外国へ行く夢を諦めて、岩手に帰ってきた。その後三十年間、仕事に明け暮れ、そして体調をくずして引退し未だに外国へは行かずじまいである。

ノーベルの生まれ故郷のストックホルムでノーベル賞の受賞式が行われ、その記事が本紙でも報じられた。

「ノーベル賞って、賞金が一億円以上なんだ…すごいね。減額もしょうがないか」

日本人四人が受賞という快挙にもかかわらず、我が家では「賞金の減額」の記事を見ながら話が盛り上がっている。


（平成二十年　岩手日報　ばん茶せん茶）

千円の還暦祝い

　つい最近、普段使っている腕時計の電池を替えるついでに、もう一つ安いのでいいから買ってきてくれ、と息子に頼み、五千円札を渡した。

　私は元々、腕時計を手首にはめる習慣がなく、ポケットに入れて使うので高価なものはいらない。教師のころ、授業中、時計のない教室で生徒に気付かれないように、ちらっと見る時に便利なので、そんな習慣が身に付き、今でも、そうして見ている。

　訳あって教職を退き早、5年。とうとう還暦を迎えたが、早く退職したせいか、どうも実感が沸かず今年も過ごしてきた。それで、内心、還暦祝いに時計も悪くないなと、息子の帰りを待ちながら、ふと玄関に並べてある焼物の一つに目がいった。

　それは退職の時に、記念にと買った萩焼の「灰被手桶花入」で、わら灰質の白濁釉を使った萩焼独特の灰色や淡紅色を主体とした色合は「萩の七化《ば》け」とも称されるが、灰被手桶はその名の通り、灰を被《かぶ》ったような荒々しさも見せている。

高温の炎と煙のなかで翻弄されて生まれる焼き物が「火の芸術」と呼ばれるゆえんであろう。翻弄という意味では、人の一生も同じかもしれない。

そしてどんな人間になるかはその人次第なのだ。自分ももう還暦、そろそろ迷わない日々を生きていきたいものだと、ぼんやり物思いに耽っているところに息子が帰ってきた。

「高いのは重くなるから、これにしたよ」

息子が買ってきてくれた腕時計は、なんと千円の代物だった。落胆の色は見せず、私は、「ご苦労さん」と言った。「お釣りは…」と訊くので、「やるよ。ガソリン代にしなさい」と言って、その時計をしげしげと見た。

今の時代、贅沢など言ってはいられない。これも何かの縁。大事に使おう…どうやら、この腕時計が自分の還暦祝いになりそうだな、と心の中でそっとつぶやきポケットに入れた。

（平成二十一年　岩手日報　ばん茶せん茶）

定年を祝う

早いもので年度が替わって、もう一カ月。いつもながらの年度末も、今年に限っては、私には何か特別な意味があった。それは本来なら私も定年退職を迎えるはずだったからだ。それが五十代半ばに教職を退いたので、その後は体調管理をしながら、家の事をしたり、机に向って読書や文筆、そして新聞を眺めたりと、平穏無事な毎日を送ってきた。

そんな自分と比べ、現場で闘いの日々を過ごしてきた同期の友人たちに、三月の終り頃、退職祝いを送った。萩焼の湯飲み茶碗を小包に三個入れ、その中の二個は夫婦茶碗のようにした。萩焼をやっている萩の友人から毎年のようにもらうので、家にたくさんあり、今回、定年祝いとしてそれを使わせてもらった。

「萩焼、ありがとう。いい記念になるよ。もっとも女房の方が喜んでいる」と二、三日して、その中の一人が早速、電話をくれた。

「やあ、お礼が遅れて済まん。毎日、宴会続きで大変だったよ」と一週間ぐらいして電話をくれた友もあった。ただでさえ忙しい年度末。それに定年退職は一生に一度のことである。そんな中、遠方から手土産を持って来てくれた友もいた。久し振りに友人の声を聞いたり、顔を見て、自分も定年退職の感動をちょっぴり分けてもらった感じがした。

そんな気分を味わうことができたのも、萩焼の魅力のなせる業であろう。数々の受賞歴を持ち、今では大家の仲間入りをしている萩の友人のお陰である。

先日、実家の母に「今年、定年だよ」と言ったら、母は「もう退職してるでしょう」と言って笑った。

「知ってたの」とわざと訊くと、「まだボケてないよ」と真面目に言うので、そばにいる父も大笑いをした。そして自分も笑いながら、晴れて定年を向えたような安堵感に浸った。


（平成二十二年　岩手日報　ばん茶せん茶）

かっぽう着

割烹着と言えば、子供の頃からよく目にした母が身に付けていた白い布地のものだが、それを自分が使うことになるとは夢にも思わなかった。その母もこの二年あまり、病床に就いている。母の分と介護で奮闘している父に、週に二、三回、盛岡の実家までブロッコリーやホーレン草をゆでて届けているが、その作業をする時に割烹着を使うようになった。

手洗いはしっかりしても、着ている衣服にはけっこうほこりが付いているので、妻に相談して白い割烹着を借りることにした。妻は娘に買ってもらったカラフルなエプロンをしているのでもう使わないという。

その割烹着を身に付け、鏡を見ると、どうにもほめられたものではない。しかし日中、家の者は仕事に出ていていないので、誰にも見られる心配はない。それに何より衛生面が大切なので、野球帽もかぶっている。

野菜をゆでたり、その他に掃除、洗濯そして茶碗洗いなどの台所仕事を一気にすると家事もなかなか重労働なものだ。

思えば、母は365日、3食の他に弁当を作り、父や私たち兄弟のため、台所に立ち続けてきたのだ。子供の頃は掃除機も洗濯機もなかった。茶碗も水洗いだった。

家族の健康と幸せを祈り、白い割烹着を着て働き続けた母だが、寄る年波には勝てず病床生活が続いている。「病気じゃないよ。歳をとって、疲れたから休んでいるだけ」と相変わらず気丈なことを言っているが、病院のお世話になることも多い。そんな母のためにも私はせっせと野菜をゆでている。

先日、不覚にもたまたま仕事が休みで家にいた息子に割烹着姿を見られたが、ニヤリと笑っただけだった。お世辞にも似合うとは言えなかったのだろう。やはり、そろそろ私も料理の鉄人が着ているような料理着を着てみたいと、近ごろとみに思うようになった。

（平成二十二年　岩手日報　ばん茶せん茶）

気仙沼のカツオ

「気仙沼でカツオ初水揚げ」の記事を目にし、心の中で「おめでとう」と叫んだ。大震災の大津波によって三陸の海辺は壊滅的な被害を受け、港は地盤沈下し、どこの市場も無残な状態であった。カツオの水揚げ日本一の港とは言え、実現までには市場に働く人々の血の滲む苦労があったのではあるまいか。

この時期がくると、気仙沼の友人が、毎年のように海の幸を届けてくれたことを思い出す。有り難いことに、めかぶなどは刻んでお湯を通すだけにして送ってくれた。鮮やかな色合いのめかぶは歯触りもよく味も抜群だ。

ホヤは中身だけを小袋に分けて凍らせて届けてくれるので、解凍すればすぐに食べることができた。酢醤油を添えてもいいし、そのままの塩味にも深い味わいがある。

気仙沼市に住んだのは、中学3年生から高校1年の秋ごろまでの短い期間だった。彼は同級生で家が近く、一緒に励まし合って受験勉強や応援歌練習をした仲だった。

そんな彼から何年か前には、カツオがドンと1本届き驚いたことがある。あまりに立派で今にも生き返りそうなので「北上川に放したら、太平洋まで泳いで行きそうだね」などと、子供たちは冗談を言って笑っていた。私も妻もカツオをさばいたことがなく、しばし思案に暮れたが、スーパーの魚屋さんに頼んで刺し身にしてもらうことにし、一件落着した。以来、カツオのニュースを見る度、その時の食べきれなかったカツオの刺し身を思い出す。

震災後、音信不通の中、二週間ぐらいして彼から電話が来た。高台でかけてやっと通じたらしい。津波は家のすぐそばまで迫り、必死で逃げたという。近くで何人かが犠牲になったそうだが、もうちょっとで自分も危なかったと興奮気味で話す友の声を聞きながら、人の運不運は紙一重だとしみじみ思った。

さて次は何が届くか。それを楽しみに復興を祈るのみである。


（平成二十三年　岩手日報　ばん茶せん茶）

わが家はメガネ族

現代の生活必需品といえば車にパソコン、携帯電話であろうが、近視の人にとってはメガネが第一の必需品ではあるまいか。

子供のころ、近視の父は朝、起きればまずメガネを捜していた。「勉強のしすぎで近眼になったんだ」とよく言っていた。確かに父の一族で、近視は父だけだった。母と私は近視でないので、メガネ族ではなかったが、弟は中学の頃から、メガネをかけていた。

うちは妻も私も近視ではないが、子どもたちは2人とも近視でメガネやコンタクトを使用している。どうやら隔世遺伝のようだ。

息子が以前からお世話になっている某メガネ店は、毎年、社長さんを先頭に社員と何人かのボランティアを募り、ネパールの山村を回り、無料でメガネを提供している。息子も数年前にそのボランティアに参加した。ネパールではメガネはかなり高価なもので、買えない人たちが多くいるという。

朝8時ごろから視力検査などをし、個人個人に合うメガネを寄贈するわけだが、何百人もの人々が列を成し、作業は夕方まで続くそうだ。お昼はおにぎりをつまむ程度で、あとは休みなしでトイレに行くのがやっとだったと話す。しかし、ネパールの現状を目の当たりにして、良い体験をしたようである。

生前、母も孫たちにあつらえてもらった老眼鏡をかけて本や新聞を楽しそうに読んでいた。世のため人のためが信条の母だったが、「生きがいを見つけて生きるように」と、よくそのメガネ店の話を引き合いにして言われたものだ。

妻は宝石をちりばめた老眼鏡。私は傷物で捨てられる寸前の老眼鏡を、格安で購入し、それを使いながら、日々何をしようかと悩んでいる。気が付けば、わが家は皆、メガネ族になってしまったが、それは勉強のしすぎが原因か、いまだ定かではない。

（平成二十四年　岩手日報　ばん茶せん茶）

内助の功

父も私もお酒が好きで、二人でよく飲んだ。父は飲みすぎると、上機嫌が高じて、いわゆるトラになる傾向があった。

子供の頃、父は宴会などで酒を飲み夜遅く気勢をあげて帰宅し、帰るや大声で騒いだり怒鳴ったりすることもあった。弟と密かにそれを録音して、あとで父に聞かせたが、信じられないという顔をした。どうやら寝てしまうと忘れるものらしい。

ある朝、起きて居間をのぞくと前の晩とはうって変わり、形勢が逆転していた。仁王立ちになった母の前で、父が小さくなってうなだれていた。聞くと、銀行員の父が大事な預かり物を落として帰ったという。

「とうさんが首になったら、もうこの家はおしまいだよ。さっさと捜してきなさい」母は強し、の口調だった。すると、昨夜の大トラは二日酔いで顔を真っ青にしていたが、意を決したように家を飛び出して行った。

人一倍、仕事熱心な父である。非常事態には、前の晩のことを思い出すものと見え、帰りに通った道をたどり、道端の側溝でそれを見つけたと後で話していた。

もしその時、見つからず、父が首になっていれば、我が家の運命も変わっていたかもしれない。その事は、家の極秘中の極秘事項として世間にはもらさず今日に至っている。

内助の功の母も、二年前に見まかり、先月（霜月）母の三周忌の法要を石鳥谷のお寺で行なった。その後、盛岡の実家で料亭料理のような法事膳をご馳走になった。子や孫に囲まれ、家族だけの法事であったが、父もほっとした表情でノンアルコールのビールを飲みながら、うまそうに料理を食べていた。

酒豪で勇ましかった父も、最近はあまり酒を飲まなくなった。その変わり様を見て、写真の中の母も安心して微笑んでいるようだった。

（平成二十四年　岩手日報　ばん茶せん茶）

あまちゃんに感謝

朝の連続テレビ小説「あまちゃん」が終り、この半年の生活のリズムも変った感じがする。

久慈は懐かしい場所で、ちょうど四十年前の4月、私は定時制高校の教師に内定し、久慈港から海を眺めていた。

港の北側には「北限閣」という国民宿舎があり、南側には「あまちゃん」の舞台となった小袖海岸がある。

定時制には、教師の私より年上の生徒も結構いて、中には真っ赤な口紅をつけ、ミニスカートをはいて大胆に脚を組み、授業を受けている女子生徒がいたりして度肝を抜かれたこともあった。

腰を抜かしながら職員室へ戻ると教育熱心な中年の先生たちが、「A子のスカート、短すぎるな。眼のやりどころに困る。注意するか」

「でも、A子はもう二十五才で大人だよ。それにミニだから、仕方ないんじゃないの…」

と、真剣に議論をしていた。

『働き学ぶ』気運は、寒い北の海で働く北限の海女さんの気質にも通じるものだった。

あれから四十年たった。当時は若く情熱に燃えていた私も今では十キロも体重が増え、見る影もない。

「メタボじゃないの？　お酒やめたら…」と、思い出の地、久慈でめとった妻が言う。

そう言う妻も今では貫禄が増し、苦くて飲めないと言っていたビールを美容にいいとコップで2、3杯平気で空ける。四十年という歳月は体形も人の心も変えてしまうのだろうか。

ヒロインの若々しい出で立ちや元気な姿を楽しみにして見ていた『あまちゃん』も終ってしまい、寂しい限りである。

しかし郷土愛あふれる番組に感謝するとともに、その放映は悲しみの中にいる人々の心の救いになったと私は信じている。

（平成二十五年　岩手日報　ばん茶せん茶）

春のスズメ

町の公園からはゆったり流れる北上川や早池峰山の秀麗な頂が望まれる。退職後のオアシスでもある公園は、緑も豊かで歩くとよくスズメを見掛ける。公園のスズメは何羽かの集団でいることが多いが、時には忙しげにワラをくわえて飛ぶスズメもいる。巣をもっと温かくして子育ての準備をしているのだろう。

最近、いっしょに歩いている妻にはスズメが目に入らないようだが、私はどうも気になる。と言うのはある出来事を思い出すからだ。

公園内の建物の比較的低い場所にも巣があり、ある時そのそばを通るとピイピイ鳴き声が聞こえた。ああ産まれたんだと思ったが、半月ぐらいで鳴き声がしなくなり、もう巣立ったのかと思い、台を持ってきて巣を覗こうとしたら、なんと一羽の毛の生えそろわな

い子スズメが飛び出してきて驚いたことがある。

まだうまく飛べず、地面をチョロチョロしている所にどこからか親スズメが猛スピードで飛んできて、何をするのかと思ったらケガを装ったりして、子スズメをかばおうと大慌てだった。私は何か悪い事をした思いにかられ急いでその場を立ち去った。

その話を妻にすると、「それでその子スズメはどうなったの？」と聞かれ、「帰り際、見たら、スズメの姿はなかったから巣に戻ったと思う。鳥でさえ、ああやって必死で子を守ろうとするんだから感心したよ」と言うと、「巣を覗いたりしてスズメにしたら、とんだ迷惑な話じゃないの…」とすげない一言。

私もそれはそうだと自戒しつつ、退職後、繁雑な家事に追われる妻の体内時計はまだそんな呑気な話を聞く気分にはなれないのだろうと思った。定年は誰にでもやって来る。しかし定年は再び歩き始める第一歩でもある。とばかりに気を取り直し時々スズメにちょっかいをかけながら散歩に励む毎日である。


（平成二十六年　岩手日報　ばん茶せん茶）

評論編

戦争さける牽制（生き延びるには？）

戦争はあくまでも最後の手段と言っていた米国がとうとうイラクへの攻撃を開始した。何故避けられなかったか、という理由については専門家の分析に委ねることとし、今後の戦況を見守っていくしかないようだ。

おどしや牽制は、できればない方がいいが、人間社会は複雑で、ときには最悪の事態を避ける一つの方法と思う。一筋縄ではいかぬイラクへの査察の効果を上げるための武力の誇示（米国の武力での威嚇）が一つの牽制となっていたはずだが、他の多くの国々の反対を押し切っての戦争突入はかえすがえすも残念である。

人間社会の平和を保つために昔から掟（規則）がある。しかし、それを破る者がいるかぎり、それに対する報復あるいは罰は仕方ないが、できればそれに至る前の歯止めが必要だ。

武力の誇示が牽制力となり、戦争を回避できた米ソの冷戦時代、核はむしろ戦争の抑止力となっていたと思う。

しかしその均衡がこわれ、新たな戦争が勃発するというのは皮肉なことである。湾岸戦争や、ニューヨークの同時多発テロ、そしてアフガニスタンのタリバン政権への報復から今回イラクへの攻撃ととどまることがない。

そういう流れを見るにつけ、イラクとの戦争がさらに次のテロや戦争を生むきっかけとなるのではないかと懸念される。

かつて一億年もの昔、隆盛を誇った恐竜も、中生代のうちに絶滅し、百万年もの昔、地球上を闊歩したマンモスも洪積世の終りには姿を消している。それと入れ変わるように人類はどんどん進化し、今、地球上を支配しているのは人間である。

水の惑星とも言われるこの地球と人間にはいくつか共通点があるというが、その一つに、海の波の寄せては返す動作の一分間の回数と、人間の睡眠時あるいは安静時の呼吸の回数が同じ十八回なそうだ。もし寄せては返す海の波が地球の呼吸なら、それと同じ回数の呼吸をする人間が地球に誕生したのは単なる偶然ではないのかもしれない。

今後、万物の霊長と呼ばれるにふさわしい人間の為すべき使命は少なくとも人類の滅亡を自ら早めぬことだろう。この恵み豊かな地球を守り、人類が生き延びるためにも戦争は回避しなければならない。戦争という最悪の事態を避けるための抑止力になるなら、威嚇や牽制は多少あっていいだろう。

恐竜やマンモスの二の舞いとならぬように戦争やテロを最小限に食い止め、戦争の根本問題を突き止め、すでに戦争の起きている地域の遺恨を残さぬ解決策を探ることが緊急の課題であろう。


（平成十五年　岩手日報　論壇）

生きる目的と生きがい

地球の誕生は、四十数億年前のことと言われる。そして生命の誕生から、地上に動植物が姿を現すまでには何億年もの歳月を要することになる。

無限とも言える宇宙の壮大な歴史から見れば、人の寿命などほんの一瞬と言ってもいいくらい短いもので、膨大な書物の一ページくらいのものだろうか。

その事を考えると、限られた人生を生き急ぎ自殺をしたり、戦争で人間同士が殺し合ったりすることがいかに残念な事か解るはずである。確かに現在の社会や国際情勢を見る限り、安閑としていられない状況ではある。しかし、どんな世の中であろうとも自分たちの生きる意味を見失ってはなるまい。

ベストセラーの『なぜ生きる』という本の中には「生きること自体」が「生きる目的」

（小目的）であると言った意味のことが記されている。さらに親鸞の言葉を引用し、万人共通の生きる目的いわゆる「大目的」に言及している。

この大目的の意味を解くカギになりそうな興味深い記事が本紙の一月十八日付の風土計に載っている。本県出身の「明鏡止水の人」と言われた郷古潔について書かれているが、彼が後輩たちに残した「人として大成せよ」という言葉は、心の大きな人間になれ、と言っているのだと思う。つまり人間として成長することが人生の大目的なのだということを示唆していると思われる。

特にも若い時代、生きる目的を持つか持たないかで人生を大きく左右する。不景気の影響もあるとは言え、昨今の若者の多くが定職に就けず、フリーターなどになっている現状は将来的に気掛かりである。厳しい時代ではあるが、早い時期に生きる目的を見い出し、生きがいのある人生を送ってほしいものである。

高校入試では試験科目の他に面接や作文などもあり、受験生には負担かもしれないが、改めて「生きる目的」や「勉強の目的」などを考えるいい機会でもある。人生観や職業観などを問う質問形式の作文が効果的であろう。生きる目的や学習の目標を見つめ直すことは生きがいの発見にもつながるものと考えられる。

現実は、そう甘い物ではないことは確かだが、逆境や試練が人間を磨く砥石となり、人間づくりという大きな（目標）大目的もそこにあることを忘れてはならないだろう。

（平成十六年　岩手日報　論壇）

白瀬中尉に学ぶもの

北極点や南極点を目指した探検家である白瀬矗《のぶ》中尉は、『酒、煙草、お茶、お湯をのまず、火に当たらず』の精神（生活訓）を生涯にわたり守り続けたという。

北極点制覇をアメリカの探検隊に先を越され、南極点制覇に変更した白瀬中尉は一九一二年、南緯八十度五分の地点まで到達した。

過去に隊員全員を失う苦い経験があったため、白瀬中尉は無理せずそこから退却したが、マイナス二十度以下の厳寒の地にて、当時の装備からして快挙としか言いようがない。その時の観測船の開南丸は、わずか二百四トンの漁船を改造した船だったという。南極大陸に辿り着くだけでも命懸けのことである。

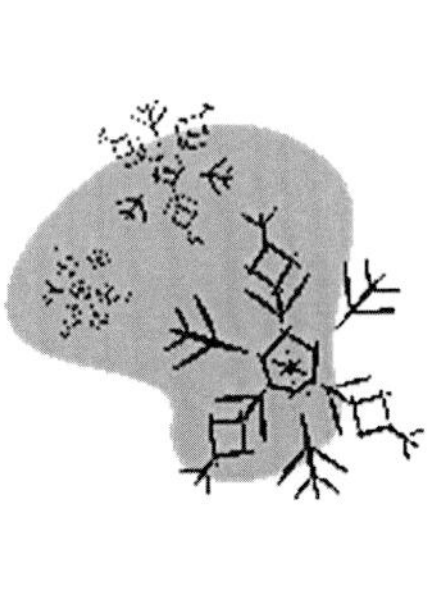

十一月十四日付本紙に南極観測船「しらせ」（一万一六〇〇トン）が、二十五年もの間、任務を遂行し、今回の航海を最後に引退との記事が特集で載ったが、日本の南極観測の歴史はすでに半世紀にも及んでいる。次の観測船も「しらせ」という名称に決まっていることと、十五日付本紙『南極行』に記されているが、白瀬中尉も喜んでいることだろう。

白瀬中尉の勇気が、その後の日本の南極観測の自信と誇りになって継承されていることは言うまでもない。フロンガス規制のきっかけを日本がつくったと特集でも述べられているが、オゾン層の観測など、日本の南極観測は他国に劣らず目覚ましいものがある。

北極や南極のお陰で、地球は灼熱の惑星にならずに済んでいると言われているが、今や地球温暖化の影響で、その厳寒の地である北極の海氷が年々減り、南極の棚氷がどんどん崩壊している。

地球温暖化の問題は、本紙にも度々掲載されている。強大化するハリケーンや台風など、地球温暖化による異常気象がもたらす被害の増大は測り知れない。

事態の深刻さはすでに待ったなしであり、これからの十年から二十年のうちに本気で取り掛からないと、地球は破滅の道を辿ることになると専門家は指摘している。

白瀬中尉の生活訓をすべて守るのは、なかなか難しいことだが、現代人の生活をもう一度よく見直す時期に来ているのではなかろうか。

東北の秋田に生まれ、八十五年の生涯を探検に捧げた白瀬中尉にあやかり、同じ東北人として地球温暖化の防止のため、時には「火に当たらず、エアコンも我慢する」ように努めたいものである。願わくば、それを全国規模、全世界で取り組んでほしいものだ。

さらに国家や企業が先頭に立ち、全世界の温室効果ガスの排出量をいかに減らすか、今後課せられたもっとも重要な課題である。

排出量の多いアメリカ、中国、ロシア、日本などの国々が解決のカギを握っていると言っても過言ではない。過度の競争や儲け主義のみに走らず、人間にとってもっとも大事な物は何かもう一度考え直す必要がありそうだ。

（平成十九年　岩手日報　論壇）

あきらめずコツコツと

中高生諸君の多くは、進学やクラブ活動に向けて、しっかりした心構えで望んでいると思うが、もし不安がよぎった時や行き詰まった時、何かの参考にしてほしいと願い次の二例を上げてみた。

一つは、私がまだ教師の時、十年ほど前に学校の図書室で読んだ本だが、ある女性の弁護士が書いた自叙伝である。彼女は中学生の時、ひどいいじめに遭い、周りからの援護もなく辛い日々を送り、再起をかけた高校では横道にそれてしまい、卒業後、水商売に手を染め、酒に溺れる毎日を送っていた。

ある日、客として店に来た知り合いのおじさんから「自分の不幸を社会や他人のせいにして、せっかくの人生を無駄にしては駄目だよ」と諭され、それから奮起して、いじめに悩む青少年の力になりたい一心で弁護士を目指し、苦労しつつも見事司法試験に合格して念願の弁護士になったという話である。その本には勉強方法やどれだけ勉強したかなども書いてあった。

目標を持つことの大事さと「思い立ったが吉日」と言うように、目標に向けて、勉強でも何でもやる時に遅いということはないと感じた。

もう一つはある男子生徒の話である。彼はもともと小学生の頃から成績も下位で勉強意欲もなかったが、中学に入って、初めて習う英語がまったく分らず恐怖すら覚えたという。そのことを母親に相談し、早速近くの英語塾にお世話になることになった。その塾の英語の先生はまだ若く講師のような人だったが、基礎をしっかり教え、さらに学校の授業を先回りして教えてくれたので、お陰で学校の英語の授業が分るようになり、中学一年の終り頃に英語ではクラスの上位になった。

学校の授業を先回りする原理と同じ（予習を必ずする）学習方法を他の教科にも応用して、成績がアップし、高校、大学と無事進んだが、時間の余裕のある土、日曜日には復習にも力を入れたことは言うまでもない。

特に塾を奨励するつもりはないし、彼自身、中学三年になる頃、その先生が塾を止めたのを機にその後、塾通いをしていない。しかし、塾の先生との出会いが功を奏したことは事実であり、どちらの例も人間の成長過程において「何気ない言葉やちょっとした出会いがきっかけで、一人の人間の運命さえも変えてしまう」という事を示唆している。

どんな時も諦めず、何事も日々コツコツ努力することがやはり、「成績向上や上達のこつ（骨）」なのかもしれない。

（平成二十年　岩手日報　論壇）

自然エネ推進・日本こそ

本紙九月二十一日付の東京電力福島第一原発の事故に関する吉田昌郎元所長の調書、ならびに政府事故調の調書をみても、事故への対応や収束へ向け、いかに危険と苦労が伴うものか、いったん原発事故が起きれば、いかに人間の手に負えないものかと改めて実感させられる。現場では廃炉に向け今なお毎日、数千人規模の労力を要すると言われている。国家財政や社会保障制度を立て直すため、やむなく消費税の増税という方策を取ったが、現政権は再び原発その他の公共事業を優先させている。それでは支出が膨らんでいくら増税しても追いつかないだろう。

中でも福島の原発事故の事後処理が解決しないまま、政府は、原発再稼働を進める方針を明記したエネルギー基本計画を閣議決定した。核燃料サイクル政策については、再処理やプルサーマルなどを推進するとしている。万一、事故が起きた場合の汚染は測り知れない。

核燃料サイクル関連施設が集中する青森県六ケ所村沿岸は、下北半島山系の豊かな栄養源が海に潤いを与え、ウニやアワビ、海藻などの特産にも恵まれている。しかし汚染が拡大した場合、その天然資源を台無しにするばかりか、その被害は北から流れる親潮に乗って、三陸の海まで影響を与えるであろう。

英石油大手BPによると、二〇一一年の年間の世界の原発による発電量は、過去最大の減少割合となった。福島の深刻な原発事故を教訓にしたドイツの脱原発政策などの影響だ。

一方、世界の太陽光や風力などの再生可能エネルギーの発電量は大幅に増加している。福島の原発事故を体験した日本こそ本気で自然（再生可能）エネルギーの推進に取り組むべきではあるまいか。

今も福島は、汚染水問題や廃炉作業に苦慮しているにもかかわらず、他の地域では原発を再稼働させようとしている。

大津波や火山そしてテロの攻撃にも耐えるものならいざ知らず、基準が少々甘い気がする。

吉田調書の教訓を無駄にせず、今こそ日本も原発に頼らず、自然エネルギーへと、大きく舵を切るよう政府の英断を望むばかりである。

（平成二十六年　岩手日報　論壇）

十分間学習のすすめ

新年度（四月）、心新たに立てた目標もマンネリ化して、そろそろ惰性に流された生活になる頃である。勉強もそうだと思う。そこで一つの提案として「十分間学習」をすすめたい。

一日たったの十分と言っても年間にすれば三千六百五十分。時間にすれば六十時間という膨大なものになる。例えば英単語なら、一日十分間で十語覚えれば年間三千六百五十語、三年間で一万語を越すことになる。漢字でも同じ事である。

十分間やるつもりが二十分、三十分と増やしてもいいだろうし、朝、昼、晩を十分間、英、数、国と分けても良いだろう。人それぞれ無理のないように、生活のどこでもいいから思い出したらやれば良い。マンガを見る前の十分間、ミュージックを聞く前の十分間、あるいは電車の中の十分間でも良いだろう。

一日二十四時間は万人平等に与えられている。

「どうせ自分は駄目だ」とあきらめる前に…どうだろう、やってみては…。

「人にはもともと貧富や上下の別はない。あるとすれば学ぶと学ばざるとによる…」というようなことを福沢諭吉は『学問のすすめ』の中で言っているが、十分間学習でも、それを継続することによって「やったとやらぬ差」は出てくるはずである。

（平成十五年　岩手日報　声）

日記は人生の虎の巻

日記を書くきっかけは、高校の頃、「これからの人生を悔いなく生きるには日記を書け」と勧めた教師がいたからだ。

しかし最初は三日坊主という感じで続かなかった。本格的に書くようになったのは横浜での学生生活が始まり、一人、孤独な時間を持つようになってからだ。

阿部次郎の『三太郎の日記』に出てくる「読書と思索」という言葉が気に入り、本を読みながら、思い浮かぶことをノートに書いたが、時には日記というよりメモ帳や雑記帳のようなものだった。

かれこれ四十年間、ノートの冊数も相当のものである。古い日記の活用法として、何年か前のその時期、何をしていたかを知ることができる。特に教師をしていた時は毎年の行事など同じ時期にあるので、その時期の日記を紐解けば、いろいろ参考になった。

同じ失敗を繰り返さないための「人生の虎の巻」の役目も果たしてくれた。

神経系の体調不良で、普通より四、五年早くリストラを余儀なくされたが、本を読んだり、日記を書く習慣のお陰で、気が滅入ることもなく過ごしている。日記は、書く訓練やストレス発散（浄化作用）にもなり、日記を書きながら、小説や随筆、時には新聞投稿とけっこう忙しい毎日を送っている。

「文章を書くことは世のため、人のためにもなるんだよ」と父や母はよく言ったが、私への励ましと受け取っている。

そんな父母に「書くのはストレス発散とボケ防止のためだよ」とも言えず、とにかく『続けること』そして『それを生きる上で役立てること』として日記を『人生の虎の巻』と位置付け今も続けている。


（平成二十二年　岩手日報　声）

災害への挑戦

宇宙の大きな流れの中で起きた地球規模の災害は避けようがないものだが、悔いが残るのはなぜであろうか。あの頑丈な防波堤や防潮堤すら人命を守る上で限界があった。現代のいかなる先端技術をもってしても、自然の力に打ち勝つことの難しさを大震災の大津波は教えてくれたが、あまりに惨い仕打ちであった。しかし人間の歴史とは「可能性へ向って、あくなき挑戦をし続ける人間のドラマ」である。

人知を越えた大災害はこれからも起こるであろうが、それをいかに克服するかが課題になるだろう。防潮堤の役割をする建物や道路づくりなど、安全な街の構築に向けて、あくなき挑戦が始まっている。

と共に大災害の爪痕も残す必要があろう。なぜなら、いかなる歴史も、記録として残さなければ教訓にはならない。また、書き残すことも大事な作業である。それによって記憶の中に、懐かしい思い出として、生きていた証しとなってよみがえるからだ。

忘れえぬ過去が忘却の彼方に埋没する前に、それを書きとめておく作業がすでに始まっていることは心強いことだ。

(平成二十三年　岩手日報　声)

逃げる場所が命を守る

三陸町出身の津波研究家、山下文男氏の津波の歴史によると、１６１１年には田老村が全滅する大津波があり、江戸時代だけで１０度以上の大津波が発生した。その内３度は全国で死者１万人を越している。

１９３３年の「昭和三陸大津波」で田老は再び壊滅とあるが、そのわずか３７年前には２万人以上の死者を出した「明治三陸大津波」が起きている。そして２０１１年の「東日本大震災」を思えば、大津波はいつ起きるか分からない怖さをもっている。

被災地の田老町を訪れ、その現状を見たとき、基本的に災害に打ち勝つことができないならば、防潮堤一つ考えても津波を受け止める形でなく、そらして止める形を考えるべきだと思った。

田老の旧防潮堤はそのいい例であろう。三度目の津波襲来に対峙した「万里の長城」は多くの命を救ったと言われる。

地域ごとの特性もあるが、造るならやはり高さ的にも普代村の防潮堤（水門）を参考にすべきだろう。そして防潮堤のみに頼らず、高台避難を原則として「逃げる場所」の確保を第一に避難してほしいと思う。

（平成二十四年　岩手日報　声）

読書は生きる指針

声の欄の『私の一冊』の特集が終ったが、心の支えとなる本がある人は幸せだと思う。さらに9月29日付の本欄の「神の存在や創造論…」を読み、学生時代に「唯一神（の存在）」に気付いたのはすごいと感嘆した。

ロシアの文豪ドストエフスキーは「人間の苦悩は神の存在なくしては救われない」として「神とは何か」と神を求めて悩み数々の名作を残したと言われる。

神の存在を考える時、この宇宙をつくった唯一神（創造神）ということになるのだろうが、一般の人々は宗教上の神を身近に感じて生活している。

単に儀式や信仰上の解釈の違いで、宗教間の争いが起きたり、国レベルでの戦争にまで発展していることは残念でならない。イラクやシリアでの戦争も「聖戦」ではないことに早く気付いてほしいものである。

戦争や自然災害に加え、犯罪も増えているが、本や新聞を人生の指針として、生きる上での心構えやインスピレーション（神なるものからの信号）をキャッチし、悔いのない日々を生きてほしいと思う。

（平成二十六年　岩手日報　声）

小説編

横顔

一

「同郷の誼で力になるよ」と、口では言ったものの男と女の問題に加えて相手がヤクザとなると話は違ってくるなあ、と山岡勇一はふと溜息をついた。読みかけの本や雑誌類が所狭しと散乱する部屋の片隅の万年床に山岡は横になり深刻な顔をしている。

山岡はサラリーマン金融から五十万円を借りて、同郷の奈津子に手渡した時のことを、まるで夢の中の出来事のように思い出していた。そして、そのときの奈津子のやけに嬉しそうな顔が眼に浮かぶのだった。

しかし五十万円もの借金をどうやって返済すればよいかとなると、今の山岡には皆目、見当がつかなかった。

「まあ、なんとかなるさ」

と、山岡は独言を言いながらも、ますます深い思案の中に落ちて行った。奈津子が借金をしてまでも何故そんなにお金が必要だったのか、山岡には謎だった。

山岡は、東北出身の横浜K大学の学生で、学生運動の嵐の中を無難に過ごし、半年後には卒業を控えていた。

山岡が住んでいるアパート『萩荘』は、大都会の一つである横浜の郊外にひっそりと立っている。少し古びた二階建てのアパートには六つの部屋があり、住人はすべて学生であった。

山岡の四畳半の部屋は狭苦しく、天井には裸電球がぶら下がっていた。机の上の灰皿には煙草の吸殻が山積みになっていて、その脇には飲みかけのウイスキーのビンが無造作に置かれている。

山岡は、つい二、三ヶ月前までは卒業後、世界を股にかける商社マンになることを夢に見ていた。『我利勉』と陰口をたたかれても毎日、大学に通い勉強してきた。しかし、その山岡が女友達の一人である玲子との口論を境に心変わりし、そのころから無気力な生活を送るようになっていた。

山岡は高校のころ柔道をやっていただけに肩幅もあり、精悍な顔付をしているが、気持の中には繊細な所も持ち合せていた。

「世の中の事、あまり考えてないのね。学生運動をしている人たちのことも、女の気持も解っていないのね」

その玲子の強烈な一言に何も反論できず、黙って俯いていた自分が情けなかった。それを思い出す度に気が滅入るのだった。

それからというもの、山岡は酒を飲んでは酔い潰れ、アパートでごろごろする毎日を送っていた。


そんな時だった。奈津子に会ったのは…。気分を晴らそうと山岡が何気なくいつもの通りを歩いている時であった。通りの向こうから歩いて来るけっこう目立つ服装の若い女性が眼に入った。よく見るとなんとそれが中学時代の同級生の奈津子だった。奈津子は山岡が密かに好意を抱いていた女の子の一人であったが、中学の時に何かの事情で他県に転校してしまい、その後、山岡も会ったことはなかった。どういう境遇を生きてきたかは解らぬが、目鼻立ちの整った、やや痩せ型のスラリとした女性に成長していた。

「やあ、奈っちゃん、久しぶりだな」

ふいに声をかけられた奈津子は、戸惑いをみせながら立ち止まった。肩からクリーム色のバックを流すように掛け、すっかり都会風になった奈津子の姿は眩しかった。

「あら、勇ちゃんじゃないの。びっくりしたわ…でも少しも変わらないわね」

奈津子は懐かしそうな顔をして、近寄ってきた。中学時代から変わらないと言われ、山岡はちょっと苦笑しながらも奈津子の爽やかな笑顔を見ていると心が洗われた。

「でも偶然だな。こんな所で会うなんて」

山岡は驚きの色を隠そうともせずに言った。

「勇ちゃんも横浜にいたのね。ぜんぜん知らなかったわ」

話の中で奈津子の会社が横浜駅の近くにあることや彼女の家が山岡の通う大学とそう遠くないことを知った。山岡も自分が学生で、横浜に来てもう四年になることを話した。

「偶然って怖いわネ」

そう言いながら奈津子は山岡をじっと見詰めた。その愛くるしい眼は昔のままだった。確かに何百万人もの人々が住むこの横浜で偶然に出会うなどそうあるものではない。

山岡はこの突然の再会に気持ちの平衡を失い、しばし呆然としていた。しかし、しばらくしてやっと平静さを取り戻し奈津子をお茶に誘った。すると奈津子は済まなそうな顔をして山岡を見た。

「私もそうしたいんだけど、ちょっとある人と待ち合わせをしているのよ。でも、また会いたいわね。勇ちゃんの都合のいい時、連絡してくれる?」

そう言いながら奈津子は自分の名刺をバッグから取り出し山岡に手渡した。そして、先を急ぐように歩いて行った。山岡は黙って、足速に行く奈津子を見送ったが、気のせいか寂し気な後姿だと思った。

中学時代の奈津子は快活で、どちらかと言うと無口な山岡にちょっかいを出しては困らせていつも無邪気に笑っていた。そのころの奈津子に暗さを感じたことはなかった。しかし、この数年間において、どんな境遇が奈津子をどのように変えたのか、山岡には想像すら出来なかった。

次に山岡が奈津子に会ったのは、その偶然の再会から一ケ月程、立ってからのことであった。山岡は奈津子に会ってから、心の痛手も大分和らぎ、再び大学へ行って講義を受けるようになっていた。もっとも以前程には身が入らず、欠伸を噛み殺すのに苦労することが多かった。奈津子のことがいつも頭から離れず、ともすると講義も上の空だった。と言って、今さら学生運動にも興味はなかった。

その日も単調な講義に飽き飽きしながら、山岡は広い講堂の後の座席に陣取りぼんやりしていた。空席の目立つ講堂の中には、それでも約百名ほどの学生がいて、年老いた教授の歯切れのわるいマイク音に耳を傾けている。と、その時、後の扉が開き背後から若い女の声がした。遅れてきた女子学生かな、と山岡が何気なく振向くと驚いたことに奈津子の姿がそこにあった。社会人の奈津子が何故こんな所に来たのか、山岡は不思議に思ったが、気持ちが昂ぶり言葉が出てこなかった。

「勉強の邪魔してごめんね。でもここに来れば、貴方に会えるような気がしたの」

隣に座った奈津子の吐息が頬にかかり山岡は息苦しさを覚えた。蕩けるような香水の香りの中で、山岡は講義のことも忘れて奈津子が身近にいる幸せをかんじた。

「それにしても、よくここが分かったね。でも、何かあったの？」

山岡は気を鎮め、真顔で尋ねた。

「勇ちゃんがぜんぜん連絡してくれないから、もう私のことなんか忘れたんじゃないかと思って、心配になって来ちゃたのよ…じつは今、本館に寄ってあなたの学部の講義はどこか聞いて来んだけど…よかったわ。会えて」

忘れるどころか毎日、奈津子を思っていたとも言えず、山岡は自分の感情を押えるのが、やっとだった。しかし、奈津子の勘の良さに感心しながら、その屈託のない笑顔を見ていると山岡も自然に嬉しさが込上げてきた。

「忘れるはずないだろう。ときどきは思い出していたよ」

「ときどきなの？　ひどい人ね」

奈津子は冗談半分に山岡を睨んだ。山岡と奈津子が学生同士とでも思っているのか、周りの連中は無関心を装っている。時計を見ると、講義もまもなく終りを告げようとしていた。山岡はもう少し学生気分でいたいと言う奈津子を促し校外に出た。

街角にある洋館風の喫茶店に入り、二人は窓際に腰を掛けた。殺風景な店内にはテーブルが五、六個並び数人の客がいた。山岡はコーヒーを二つ注文し、煙草に火をつけた。

「大学にまで、押し掛けるなんて、勇ちゃんに迷惑かけちゃったわね」

きまり悪そうな素振りを見せながら微笑む奈津子の様子に、何か思い詰めているものがあるように山岡には感じられた。

「そんなことはないよ。俺も会いたかったよ」

「それが本当なら嬉しいわ。ねえ、勇ちゃん、私の悩み事も聞いてくれる？」

「いいよ。何でも話してくれよ」

山岡はすでに察していたので気軽に答えた。すると奈津子はちょっと眼を伏せて戸惑いを見せたが、決心したように話しはじめた。

「実は私には恋人がいるのよ。だけど、最近、彼とうまくいかなくて困っているの…突然こんなことをあなたに言うなんて、私って悪い女ね。でも同郷の誼で許してくれるわね」

奈津子は堪えきれない胸の裡を山岡に話し寂しく笑った。そして何かを考え込むように窓の外の方へ眼を向けた。無心に外の景色を見詰めるその横顔は美しかった。苦痛の底に喘ぐ女の横顔だった。

そのとき、ふと山岡の脳裏に自分たちの故郷である東北の山々の姿が浮かび上がってきた。奈津子の横顔は、間近に迫る厳寒の冬を待ちながら、霜の冷たさに堪える木々の紅葉の美しさに似ていた。まもなく来るであろう不幸を前にして、病葉のように儚く散る覚悟をしているようだった。

「私の彼も以前は会社勤めをしてたんだけど、今は天神組の組員になっているわ。それはいいんだけど、彼に愛人がいるらしいのよ」

溜息まじりにウエートレスが運んできたコーヒーをそっと口にする奈津子のもう一つの横顔が、窓ガラスに映し出された。どうにもならない恋の渦の中で、苦悩に悶えている奈津子を見ていると、さすがの山岡も、今まで感じたことのない切なさが胸の奥に湧いてきた。山岡はコーヒーを口に運びながら、奈津子を元気づけたいと思った。

「誰にだって、失敗はあるよ。とにかく元気だせよ…」

何気ない言葉が山岡の口から洩れた。

「あら、こんな私を馬鹿だと思わないの?」

奈津子は恥しそうな顔をして山岡を見た。

「人生には失敗が付き物さ。気がついたら戻ればいいんだよ。登山にも勇気ある撤退ということがあるじゃないか」

「まあ、勇ちゃん、なかなか洒落たこと言うのね。でも、もう逆戻りはできないのよ」

寂しそうに笑いながら奈津子は黄昏時を迎えた街角に視線を移した。恋の不可抗力の前で、為す術を失った諦めにも似たその端正な横顔には、心なしか寂寞感が漂っていた。

確かに恋というものは理屈ではない。少しずつ深みに嵌まり、気がついた時にはもう手遅れということもあるのだろうと山岡もいつの間にか深刻に考え込んでいた。しばらくして山岡の困惑した顔を見て、奈津子はくすりと笑った。山岡も思わずニヤリと、照れ臭そうな笑いをみせた。

喫茶店を出たとき、奈津子は戯れるように山岡の腕に寄添った。その顔にはもうさっきまでの翳はなかった。

「不思議ね。勇ちゃんとこうして二人で横浜にいるなんて。また困ったとき、力になってね」

「俺でよければ、いつでも力になるよ」

山岡はつい頷いてしまったが、ふと奈津子から眼を逸らした。力になると言っても男女の問題は他人が口を挟む筋合の事ではない。まして、相手はヤクザだという。山岡は黙って遠くの方へ眼を向けた。

「でも私のような女は嫌いでしょう？　私はヤクザの女だものね」

奈津子は、溜息まじりに呟いた。山岡はそんな弱気な奈津子を見て、もう中学時代の奈津子ではないとしみじみ思った。あのころの奈津子なら人に弱みを見せたりはしないだろう。

「そんなことは関係ないよ。ただ…」

「ただ…どうかしたの？」

奈津子は怪訝な顔をして、山岡を見た。

「どこかで、君の彼氏が見ているような気がするんだ。俺と腕なんか組んで歩いて大丈夫かい？」

「考えすぎよ。今ごろ、彼は東京に居るはずだわ。例の女といっしょかもしれない…」

怒ったような表情を見せて、奈津子は山岡に身を寄せた。確かに見ているはずもないし、街並みは、いつか夕闇に包まれている。

三々五々、カップルや仲間同士で、家路に向かう学生たちに混じり、奈津子の体の温もりを感じながら歩く山岡の心は弾んでいた。しかし、しばらく行くと奈津子は山岡の腕から離れ小走りに二、三歩、先に行って立ち止まった。いつの間にか、二人は住宅街の中に入っていた。よく似た家並みが続いている。奈津子の家はすぐ近くだという。

「きょうは、とても楽しかったわ」

顔を傾けるようにして奈津子は微笑んだ。

「俺も会えて嬉しかったよ。今度は俺の方から連絡するよ」

と、山岡も軽く手を上げて答えた。

「じゃあ、またね」

奈津子は手を振り、去って行った。

そのとき山岡は四、五軒先に黒い影がサッと隠れるのを見た。夜の帳がさらに濃くなり、はっきりとは解らなかったが、長身の黒っぽいスーツを着た男の影だった。

山岡は万年床に横になったまま、そこまで頭を巡らせ、あのとき路地に消えた黒い影の男はいったい何者だったのか気になった。

もしかしたら奈津子は誰かに監視されているのではないのだろうか、と山岡は不審に思った。しかし、それが誰なのか、また何のためなのか、今の山岡に知る由もなかった。

「とにかく、厄介な事にならなければいいが…」と、蒲団を被り眼を閉じた。すると、つい数日前の奈津子との二度目の逢瀬が思い出されるのだった。

二

横浜駅前で奈津子と落ち合い、週末の人込みの中を二人は肩を寄せ合い歩いていた。そのとき山岡は奈津子から借金の相談を持ちかけられ、サラ金会社にいっしょに行くことになった。聞くと奈津子はすでに借金が嵩み、破産寸前でどこの金融会社も融資してくれないという話だった。

そのサラ金会社は駅前広場から東横線に沿って、歩いて十分程の所にあった。飲食店や小売店が立ち並ぶ一角の雑居ビルの地下がYサラ金会社の支店になっていた。店の中には事務机がカウンターがわりに数個置いてあり、若い女の事務員が三、四人忙しげに働いている。奥の方には店長らしき中年の男が煙草をくわえ電話をかけているのが見える。

山岡は慣れない場所であり、緊張した面持ちで入口に立っていたが、奈津子の方はどうやら馴染みの店らしく気軽に中へ入って行った。そばに居た女事務員がそれに気づき、奈津子に笑いながら声をかけた。

「あら、奈っちゃん、もう貴方には貸せないわよ」

その女事務員は、まるで友達にでも話しかけるように言った。歳のころは奈津子より少し上か、細面で厚化粧をしている。

「まあ失礼ね。きょうは強い味方を連れて来たんだから…ちょっと店長さんに頼んでくれない？」

奈津子の強い口調に周りの事務員たちも何か言いたげだったが、そばに立っている山岡を見て口を噤んだ。そんなやり取りを聞きつけた店長が奥の方からニヤニヤしながらやって来た。ちょび髭を生やしメガネをかけた長身の男である。顔は笑っているが、眼光は鋭かった。

「やあ、奈っちゃん、相変らずきれいだな。ますますいい女になった。うちの店にも一人ぐらいほしいよ」

周りの女たちが睨んでいるのも知らぬ気に、奈津子に見とれている店長も黒っぽいスーツを着ている。まさかあの時の男ではないだろうなと、山岡はその店長を警戒しながら見ていた。視線を山岡の方に移した店長はニヤリと笑い奈津子に聞いた。

「奈っちゃんの新しい彼氏かい？」

店長は片目を瞑り、小指を立てた。

「あら、いやね。私の中学の時の同級生よ」

「へぇー、そんな人いたの…宇崎に怒られても知らないよ」

「彼とは最近、会ってないわ。どこで何をしているのか連絡もないのよ。ところで、この人にお金貸してくれる？」

「奈っちゃんの紹介なら、しようがないな。それで、いくら欲しいの？」

「五十万円…ぐらいでいいわ。ねぇ、勇ちゃん？」

戸惑う山岡を尻目に奈津子は平気な顔をして、まるで他人事のように話を進めた。山岡は中学の頃の勝気な奈津子を思い出し、自然に笑いが込上げてきた。しかし、これが社会人と学生との違いなのだろうかと、山岡は奈津子の応対ぶりを感心して見ていた。

「それにしても、学生さんが五十万円もの大金をどうするんだい?」

世間話でもするように、店長は事務的な質問をした。

「この人の田舎にいるお父様が入院したらしいの。それでお金が必要なのよ」

と、奈津子は透かさず答えた。

「それは奈っちゃんの事じゃなかったの?」

店長はわざと皮肉を混ぜて言った。

「まんざら嘘でもないわよ。ねぇ、勇ちゃん」

そう言う奈津子の受け答えは手慣れたものだった。サラ金会社が金貸しを商売にする以上、なんとか商品を売りたい商店の人の心境と、同じであることを奈津子はすでに読んでいた。ブラックリストに載っている不良客や自己破産をしている者でない限り、サラ金会社がお金の融資を断る理由はないというのが奈津子の論理だった。

Yサラ金会社を出た二人は、再び横浜駅の方へゆっくりと歩いていた。大金を手にした奈津子の横顔には一瞬ではあったが、温かい陽射しに包まれたような安堵感が漂っていた。

「助かったわ。いつか、きっと返すわね」

と、奈津子は山岡の顔を見て言った。

「そんな心配しなくていいよ。でも…よく学生の俺に五十万円も貸してくれたなあ」

「だって、もうじき卒業でしょう。勇ちゃんを一人前の男と見たんじゃないの」

「年齢から見れば二十二歳を過ぎているから、確かにりっぱな大人かもしれないな…」

「りっぱかどうかは、解んないけどね」

その言葉に、二人は声を上げて笑った。久しぶりに見る奈津子の笑顔だった。やや顔を俯き加減にして、笑っている奈津子の横顔に嘘は感じられなかった。しかし、それ程までにお金が必要なら、他のサラ金会社に行って頼むとか、いくらでも方法があるのではないかと山岡には思われた。その事を山岡は奈津子に聞いてみた。すると、奈津子は最初ちょっと意味を解せないという表情を見せたが、しばらくして、その訳を知り、口を押えて笑った。

「サラ金会社の方も抜かりはないわ。情報集中管理システムというコンピューターで私たちを監視しているのよ。だから、どこへ行っても同じよ。勇ちゃん、知らなかったの？」

それを聞いた山岡は、頭を掻きながら、つくづく自分の世間知らずを実感した。そんな山岡の手を奈津子は強く握った。

「サラ金紹介業を通じて借りる方法もあるらしんだけど、仮に他へ行って借りても今の私には、もう、どうすることもできないの。借金が多くなりすぎて、利子の返済だけでも大変なのよ。それに返せない私と解って貸してくれる人に悪いわ」

山岡に理解を求める奈津子は、また、いつもの奈津子に戻っていた。奈津子の話によると、最初は銀行でも預金額に応じて貸してくれたという。しかし銀行もそれ以上の融資はしてくれず、やむなくサラ金会社に足を向けることとなったらしい。

「サラ金会社は銀行と違って、困っている私に、心よく貸してくれたの。今思えば、それは当り前のことだけど、その時は有難かったわ。でも甘かったのよね。気がついたときには、かなりの額になっていたのよ」

と、奈津子は唇を噛んだ。それにしても、庶民の味方であるはずの銀行が、困っている人には貸さず、高利のサラ金会社には多額の資金を融資する、という銀行の体制はひどすぎると奈津子は言う。会社や企業相手の取引の方が、取り立てに苦労することもなく儲かることを銀行も知っているのだ。

そしてそのピラミッドの底辺にいる貧しい人々が借金の取り立てに逃げ惑い、追い詰められた人々の中には自殺や蒸発、果ては心中といった悲惨な結果に陥ったりする事を、山岡も新聞で読んだことがあった。

二人は、いつの間にか横浜駅前の広場に出ていた。行き交う大勢の人々は、山岡たちの存在にも気づかぬように足速に通り過ぎて行った。駅前のレストランで食事をし、二人は帰宅の途に着いた。山岡は前のように奈津子を家の近くまで送ったが、その日は例の長身の男の影はなかった。

三

山岡は万年床から起き出し、大きな欠伸を一つした。そしてあの自分名義で借りた五十万円を奈津子が何に使うのかは解らないが、少しでも彼女のために役立てばそれでいいんだと、山岡は思った。

そんな事を考えながら、煙草に火をつけようとしてライターを手にした時、外の戸を叩く音がした。

いったい誰だろう?　と山岡は首をかしげながら戸を開けた。するとヤクザ風の男が二人、土足のまま勢いよく入ってきた。一人は中背で、もう一人はかなりの長身である。

「おい、奈津子はどこだ?」

と、長身の男がいきなり山岡の胸倉を掴んだ。今まで奈津子のことを考え、ぼんやりしていた山岡はさすがに面食らった。

「何か、あったんですか」

山岡はやっとの思いで尋ねた。

「何を言ってるんだ…この野郎、とぼけやがって…奈津子の奴め、会社を辞めて消えちまったんだよ」

長身の男は忌々しそうに答えた。

「奈っちゃんの彼氏とやらに聞いてみたら、どうですか」

少し冷静になった山岡は、自分ながら妙案だと思った。

「奈津子の彼氏？　…笑わせるな。その彼氏が俺なんだよ。宇崎文三と言うんだ。覚えておけ。散々、俺の女といちゃつきやがって」

宇崎と名乗る男は、いきりたって言った。それを聞いた山岡は度胆を抜かれ、その場に座り込んだ。もしかすると、この宇崎があの時の黒い影の男かもしれないと、山岡はやっと気がついた。とすれば、一部始終を見られていた可能性がある。おまけに自分のアパートまで知られていたとは…山岡の背筋には冷たいものが流れ、顔もみるみる蒼白になった。

「ヤクザの女に手を出したら、どうなるか、てめぇ知っているんだろうな」

中背の男は、どすのきいた声で言いながら山岡を睨みつけた。

「手なんか出していませんよ。ただ同郷の誼で力になると約束しただけですよ」

「同郷だって？　…てめぇと奈津子は昔からの知り合いなのか」

宇崎の眼がきらりと光った。

「えぇ、中学の時の同級生で、つい最近、横浜の街で偶然会ったんです…」

二人の様子を伺いながら、山岡は恐る恐る答えた。

「それで、力になると言ったが、てめぇが奈津子のために何かしてやったというのか？」

宇崎は怯える山岡の顔に鋭い視線を向けた。山岡はその視線から逃れるように、仕方なく、五十万円の借金をして奈津子に手渡した事を話した。すると、宇崎の顔色が変った。

「五十万円といったら大金だぜ。それと退職金を合せれば、かなりの額だ。奈津子は、それを持って逃げたんだな。おまけに、数百万円の借金まで踏み倒しやがって、まったく太てぇ奴だ」

宇崎の興奮の度合が増した。

「でも、奈っちゃん、困っていたみたいなんです」

宇崎の様子に驚いた山岡は慌てて言った。必死で奈津子を庇う山岡を二人は呆れた顔でしげしげと見た。

「偶然の再会をまるで奇蹟か何かのように喜んで、借金までして相手に渡したという話はどこかで聞いたような気がするぜ…兄貴」

中背の男は含み笑いをして言った。宇崎もそれに気がついて、ニヤリと笑った。

「せっかくだから、俺と奈津子とのことを聞かせてやろうか」

宇崎は薄笑いを浮べながら話し出した。

聞くと、宇崎と奈津子は高校時代のクラブの先輩と後輩の仲で、二年ほど前に東京で偶然に会ったという。

「よくある話だと俺は思ったんだが、奈津子の奴ひどく喜びやがって、俺のために何でも力になると言ってくれたよ。ちょうど、そのころ俺は会社の金に手を出して、クビになりかけていたんだ。それを知った奈津子がいろいろ金の工面をしてくれて、一時は助かったんだが、もともと俺も借金地獄の中にいたから、けっきょく会社はクビになるし、借金の取立てには追われるし、散々だったぜ。その時、今の組長が助けてくれたんだ」

「その頃は、兄貴も大変だったというけれど、それより奈津子さんも、とんだ貧乏籤を引いたことになりますね。兄貴も罪な人だ」

「何を言ってるんだ。奈津子は高校のころから、俺を好きだったんだよ」

宇崎は少し照れながら、肩を竦めた。

「しかし奈津子さんも後悔したでしょうね。偶然の再会に感激するなんて…いかに子供じみたことかも気づかず、借金までして…」

中背の男は山岡に当付けるように言った。

「それはそうだな。確かに奈津子も馬鹿な事をしたものだが、どうやら、ここにもそれらしい奴がいるようだぜ」

宇崎も相槌を打ちながら、ジロリと山岡を見た。そして、二人は顔を見合わせ大声で笑った。その話を聞いた山岡は、頭をガツンと殴られたような衝撃を感じたが、黙ってうなだれていた。

「おい、この話はこれくらいにしておこうぜ。こいつも少しは自分の馬鹿さ加減がわかったろうから」

「貧乏学生がどうやって借金を返すか見物だぜ、兄貴」

中背の男は山岡の肩をトンとたたき、あざ笑った。

「とにかく奈津子の奴を早く捜し出して、少し痛い目にあわせてやらないことには、腹の虫がおさまりそうもないぜ」

そう言うや、怒りをあらわに宇崎は近くにあったゴミ入れを蹴飛ばした。バケツ型のゴミ入れはひん曲がり、ゴミが飛散った。

「兄貴がいくら昔、サッカーの選手だったからと言って、ゴミ入れを蹴ってもしようがないですぜ。もし奈津子さんが見つからない時は、こいつに責任を取ってもらったらどうです？」

「それもそうだな。力になる約束をしたというからな」

二人は山岡に皮肉な表情を向けた。そして宇崎は組の事務所のある場所を山岡に教え、もし奈津子の居場所がわかった時はすぐ連絡するように言った。山岡はしぶしぶ承諾した。二人は念のため、もう一度、押入れの中や汚れた部屋を一瞥し、ふてぶてしい態度で出て行った。

嵐が去った後のような静けさが戻っても、山岡の頭の中はますます混乱し、途方に暮れるだけだった。

その後、あの二人は時々やって来て、山岡から二千円や三千円の金をむしり取って行くことはあったが、危害を加えるということはなかった。学生という身分と法律の傘のお陰か、宇崎たちも組長から素人に手荒な真似をすることは止められていたようだ。

宇崎は来る度にあのバケツ型のゴミ入れを蹴って行った。山岡もそれが解っていたので、わざとそのゴミ入れを置いていた。形がすっかり歪になりゴミを入れるのに多少不便はあったが、山岡にとってはゴミ入れにでも当ってもらう方がよかった。それに自分のアパートに来て悪態の限りを尽くし紛らすのは、まだ奈津子が見つかっていない証拠なので、山岡はむしろ安堵して、じっと堪えていた。

宇崎はすぐ感情に走る傾向があったが、中背の男は、憎いほど冷静な所があり、少しでも金をむしり取る方がいいというやり方だった。

息の根を止めてしまっては、一円たりとも取れなくなるわけで、山岡にも変な気を起こされないように抜け目のない態度で接した。

山岡自身、宇崎たちの突然の来訪は、正直言って苦痛ではあったが、どうすることもできなかった。と言うのも、居所を変えたり、へたに彼らに抵抗しては、他に迷惑がかかると考えたからだ。とにかく山岡は奈津子の無事を祈るしかなかった。

そんな山岡にも、大学を卒業する日が近づいていた。山岡は借金をして以来、アルバイトに精を出す日が多かった。その日もアルバイトが終って、夕闇の迫る横浜の街を一人で歩いていた。その時、山岡は以前、奈津子といっしょにコーヒーを飲んだあの喫茶店が自分の眼の前にあることに気がついた。奈津子がいるような錯覚に囚われ、山岡は思わず中に入った。しかし、奈津子がいるはずはなかった。仕方なく山岡はあの時と同じ場所に座り、コーヒーを一つ注文した。そして、煙草に火をつけ、ゆらゆら揺れながら流れていく紫煙を眺めていた。

何気なく窓の外の方を見ると、車にライトがつき始め、見知らぬ人々が帰宅を急いでいる光景が眼についた。ところが、その光景もまるで自分とはまったく掛離れた別世界の出来事のように山岡の眼には映った。そして奈津子との偶然の再会さえ、単なる幻想のように思われてならなかった。もう二度と会うこともなく、あの何千、何万という人の波の中に呑み込まれてしまうのだろうか、と山岡の胸の裡に言いようのない寂しさが込上げてきた。その時、山岡は外の暗闇に浮かんでは消えて行く奈津子の姿を見たような気がした。しかし、よく見ると、それは光と闇の中を交鎖するネオンサインの明滅にすぎなかった。

自分はいったい何を求めて、はるばる東北から横浜へやって来たのだろうか、という疑問が山岡の脳裏をよぎった。世界をはばたく商社マンと言っても、会社の枠の中で機械の部品として使われ、一生を終えることになる…それが現実なのだ。とすれば、自分が求めていた本当の夢は何だったのだろう…？

山岡の心に今まで味わったことのない葛藤が生じた。借金を返すために、アルバイトに明け暮れしている自分が哀れにすら感じられた。

窓の外の闇をぼんやり眺めながら、山岡はそんなことを考えていた。その時、ふと自分を世間知らずで何も解っていない、と罵った玲子のことが思い出された。あれから、玲子とは気まずい状態になり、口もきかなくなった。そうしている内に奈津子に会って、山岡の心は急激に奈津子に傾き、彼女のために借金までしてしまった。

こんな今の自分を見たら、玲子はなんと言うだろうか？　学生の身分で五十万円もの借金を背負ったなどと知ったなら、きっと呆れた顔をするだろう。玲子は歯に衣きせず、なんでもはっきり言う気持ちのまっすぐな女の子だった。自分とちがって、都会育ちの明るい玲子に山岡は引かれていた。恋にも似た思いが、山岡の心に密かに芽生えていたのであろう。だから、あの玲子のちょっとした一言が胸に応えたのだ。そんな事にこだわった自分の愚かさを山岡は悔いるのだった。しかし、もうやり直しはきかない。玲子とのことはすでに終ったのだと、山岡は、しいて自分自身にそう言い聞かせた。

そして、山岡はこの心の迷いから抜け出るためにも、早く奈津子に会いたいと思うのだった。


何日かして、卒業証書を手にした山岡は、貿易商社の内定を取り消し、田舎に帰る決心をしていた。それも借金の一部を返済するため立ち寄ったYサラ金会社で、たまたま会った奈津子の元同僚という女の子が、奈津子の所在をこっそり教えてくれたからだ。彼女の話によると、奈津子は今、郷里に戻っているということだった。それから奈津子の両親が二、三年前に離婚し、いっしょに住んでいた父親が今は入院中だということまで話してくれた。そして、宇崎たちが執拗に奈津子を捜し回っているから、十分注意するように山岡に念を押した。

数日後、山岡は宇崎たちに怪しまれないように『長い間、お世話になりました』と書いた紙を表の戸に張りつけ、長年、住み慣れたアパート『萩荘』をあとにした。

四

山岡が久し振りに自分の故郷の岩手に帰ってきたのは、春とはいえまだ冷たい風の吹くころだった。三陸の海辺にある山岡の町は、漁村から開けた町でけっこうな賑わいを見せている。身を隠しながら生きていくには、これ以上の所はなかろうと思われるほど入り組んだ地形の中にある町だった。太平洋の近くまで北上山地が迫り、その間隙を縫うように海岸線に沿って町が発達していて、崖下にまで集落があった。船乗り相手に発展した町だけに、バーやスナックなどの飲食店が軒を連ねている。

比較的大きな通りから路地へ入るとあまり目立たないが、小ぎれいな感じのバー『華城』があった。山岡があちこち歩き回り、やっと辿りついた店である。夕暮れどきを待って、山岡は中に入って行った。店の中は割合広く、隅の方でバーのマダムのような中年の女が一人、椅子に座り煙草を吸っている。

「奈津子っていう名の女の人、この店にいるかい」

自然の風を装いながら、山岡は尋ねた。

「ナツコ…知らないねえ。この店にいるって聞いて来たの？」

その女は、見知らぬ山岡に窺う視線を向けた。

「ああ、この店…『カジョウ』って言うんだろう？」

「あら違うわよ。『ハナシロ』っていうのよ…ホッホッホ、でも、そのうち若い子が来るから、飲んで待ってる？」

客慣れした態度に戻ったその女は、笑いながらカウンターの中に入って行った。

「水割りでいい？」

山岡の注文も聞かず、その女は勝手に水割りを作り、つまみを添えてカウンターに置いた。その早業には山岡も眼を見張った。

「たくさんある店で、うちに入ったのも何かの縁かもしれないねぇー。お茶がわりに飲んでいいのよ。一杯目はサービスだから」

久し振りの帰郷だというのに、まだ自分の家にも顔を出さず、奈津子のいる店を捜していた山岡には嬉しい歓待だった。カウンターの隅の椅子に腰をかけ、お茶がわりという水割りを口にした。すると、山岡の心にほのぼのとした思いが湧き上がってきた。

「おいしそうに飲むねぇ。私もいただこうかしら。少し早いけど、私も飲みたい気分になったわ」

その女はそう言うと、山岡が頷く間もなくあの早業で、水割りをもう一杯つくった。

「速いでしょう…こうでなくっちゃ商売にならないのよ。ハイ、ではいただきます」

乾杯の仕方も乙なもので山岡も思わず釣られてグラスを上げた。その時、表のドアが開き若い女が二人、コートを脱ぎながら入ってきた。一人は背の低い小太りの女で、もう一人はスラリとしていて、しなやかな仕草は紛れもなく奈津子だった。

「あら、勇ちゃん、来てくれたのね。会いたかったわ。大学、卒業したの？」

山岡と眼が合うと同時に奈津子はうれしそうに微笑んだ。

「やあ、奈っちゃん、捜したんだぞ。この女《ひと》、はっきりしたこと言わないから困っていたんだ」

中年の女を責める山岡の眼に涙が浮かんだ。

「まあ、ナツコって、春奈ちゃんのことだったの？　ここでは春奈ちゃんって呼んでるのよ」と言って、中年の女はきまり悪そうに笑った。カウンターの中に若い女が二人入ると不思議なもので急に華やいで見えた。

「あんたたちも、いただく?」

中年の女は若い二人に声をかけた。改めて乾杯をした後で、山岡は奈津子に眼を向けた。しばらく見ないうちに少し面やつれは感じられたが、別な艶やかさを身につけていた。中年の女は自分が雇われママであることやここにいるマキと奈津子がいっしょにアパートに住んでいることなど、興に乗ってよく喋った。そばでマキと奈津子がくすくす笑っている。

「まあ、いやね。私ばかり勝手に喋って…春奈ちゃんとこの人、何か話があるんじゃないの? 二人でゆっくり話していいわよ」

その雇われママさんの計らいで奈津子は山岡の隣に座った。山岡は宇崎たちが奈津子を捜しあぐねていることやYサラ金会社でたまたま会った奈津子の元同僚という女の子が、ここを教えてくれたことなどを話した。

「黙っていなくなってごめんね。でも勇ちゃんを裏切ったわけじゃないのよ」

奈津子はあの五十万円を入院している父親のために用立てたことを話し、山岡に礼を言った。山岡も借金のことで奈津子を憎む気にはなれなかった。奈津子の同僚の話にもあったが、親の離婚で母を失った時の奈津子の心の傷は深かったようだ。そんな奈津子が宇崎と偶然出会い懐かしさも手伝って、宇崎のために借金までして尽くそうとしても不思議はなかった。しかし、その奈津子の無垢な心情が宇崎には通じていなかったのだろうと山岡は思った。

仕事の決まっていない山岡は取り敢えず、バー『華城』で皿洗いなどの裏方の仕事をすることになった。とにかく少しでも借金の残りの返済をしなければならなかった。山岡の町は青森回りに南下するか、北上山地を車で越えるかしなければならず、陸の孤島とも言われる所である。よもや宇崎たちが、わざわざ横浜から自分たちを追って、やって来るとは考えられなかった。

苦労して大学にやった甲斐がないと、親に咎められるのが山岡にとっては唯一、頭痛の種ではあったが、横浜にいて宇崎たちの訪問にビクビクしていたことを考えるなら、故郷での生活は平穏そのものだった。いつまでも、この幸せが続くことを念じつつ、山岡は仕事に精を出していた。

山岡が故郷に戻ってから、半年が過ぎようとしていた。宇崎たちのことも、もう忘れかけている時だった。町の家々に電灯が点る頃、数軒先の家から出てきた二人の男たちを見て、山岡は自分の眼を疑った。長身の黒っぽいスーツの男と中背の男はまぎれもなく宇崎たちに違いなかった。山岡は急いで店に戻り、奈津子に耳打ちをした。奈津子の顔に恐怖の色が浮かび、信じられないという表情を見せた。

山岡がもう一度、外を窺った時にはすでに二人の影はなかった。黄昏時の出来事であり、他人の空似だったと、山岡も考えたかったが、思えば執念深い宇崎たちのことだから、あちこち聞き出し、ある目星をつけて、はるばるこの片田舎までやって来たとも考えられた。

奈津子のように人助けをした者が追われる身になり、一時的にせよ、恩を受けた者が追う立場になっている……そんな人生模様が山岡には哀しかった。山岡自身も人助けの借金がもとで追われる立場に陥っている。しかし、少しぐらい生活が苦しくとも、宇崎たちのような人間からの干渉さえなければ、奈津子と共に堪えていけると山岡は思っていた。ところが、その願いとは裏腹に不安な暗翳がすぐそばまで迫って来ているような気がしてならなかった。

五

それから何日かして、山岡と奈津子は店の休みの日に二人連れ立って、隣の町にただ一つあるホテルに食事をしに行った。宇崎たちが自分たちの町に来ていることを懸念して、わざわざ隣町まで足を運んだのだが、それがかえって裏目に出る結果となった。山岡の恐れていた暗雲が意外な速度で山岡たちの頭上近くに迫っていた。

食事を済ませてそのホテルを出た時、通りの向こう側に山岡は宇崎たちらしき人影が、自分たちの方を見ていることに気がついた。慌ててホテルの中に隠れようとしたが遅かった。宇崎と中背の男は山岡たちの姿を見つけて走り寄ってきた。

「おい、驚いたぜ。二人いっしょとはな…それにしても、てめえたち、いつからそんな仲になったんだ?」

ホテルから出てきた二人の関係を誤解した宇崎の怒りは一通りではなかった。

「この野郎!」

宇崎は山岡の頬を力まかせに殴った。山岡は頬を押えながら、その場にうずくまった。

それから宇崎はゆっくりと奈津子のそばに行き、いきなり平手打ちをした。

「てめえ、よくも俺の面に泥を塗ってくれたな」

悲鳴を上げて倒れた奈津子の髪を鷲掴みにして、今度は容赦なく足蹴にしようとした。それを眼にした山岡は、もうがまんならなかった。「やめてくれ！」と叫びながら、猛然と宇崎に飛びかかって行った。

山岡に突き倒された宇崎は、山岡が高校時代、柔道部に席を置いていたことなど知らず、やわな奴と思っていただけに一瞬ひるんだが、山岡の反撃にますます逆上した。顔を歪ませ起き上がった宇崎の手にはナイフが光っていた。宇崎は不敵な笑いを見せ、中背の男が止めるのもきかず山岡に向って行った。それからは山岡も夢中だった。山岡は、無意識にナイフを持っている宇崎の手を掴み柔道技で対抗した。手傷を負いながらも山岡は、宇崎のナイフをもぎ取った。そして揉み合っている内に、気がついた時には宇崎の下腹を刺してしまっていた。悶え苦しむ宇崎の下腹から流れ出る鮮血を見た中背の男は、慌てふためきながら、助けを求めてホテルの中に駆け込んで行った。山岡は血塗れになり、しばし呆然としていたが、戸惑う奈津子の手を取り「逃げよう」と叫んだ。奈津子は心配気な顔をしながらも山岡と共にその場を去った。

一旦、家に戻り、旅に出る準備をした山岡と奈津子は本能的に北へ向う列車に飛び乗った。列車を乗り継ぎ、数時間後には津軽半島の三厩駅に降り立っていた。そこが終着駅であった。さらに三十分程、タクシーで北へ行くと、二人は本州、最西北端の竜飛岬に辿り着いた。そこからは、かつて連絡船を呑み込んだことのある津軽海峡や荒々しい日本海が真近に見えた。

「奈っちゃん、ごめんな。こんな事になってしまって…」

列車の中では終始、無言だった山岡がやっと口を開いた。無我夢中で奈津子の手を引き竜飛岬まで逃げては来たものの、山岡の心は重かった。

「いいのよ、勇ちゃん、気にしないで。私を助けようとして、したことだもの」

奈津子は山岡を労るような眼で見た。

「宇崎にあんなことをしてしまって、きっと恨んでいるだろうな」

山岡は心配そうな顔をした。

「でも、あの時はしようがなかったのよ。そうでなければ、勇ちゃんがやられていたわ」

「宇崎を刺した俺を、奈っちゃんは憎んでないの？」

「憎んでなんかいないわ。私たちを執拗に追い詰めた宇崎が悪いのよ。自業自得よ…」

「と言って、宇崎と永久に別れることになっても、悔いはないのかい？」

山岡の眼は真剣だった。

「もともと生まれ故郷に戻ってきたのは、彼と別れるためだったのよ…だから悔いなんてないわ。もう、あとは勇ちゃんと運命を共にするつもりよ」

山岡の心を読み取るように、じっと見詰める奈津子の眼に涙が光るのを山岡は見逃さなかった。思えば、山岡が初めて眼にする奈津子の涙だった。おそらく奈津子は山岡の表情に暗い陰翳を見たのであろう。

見下すと断崖絶壁が眼下にあった。二人は思わず顔を見合せた。そのとき冷たい海風が山岡の頬を撫でた。山岡にとっては死までも覚悟の竜飛への旅であったが、山岡は奈津子の涙を見て死ぬ事を思い止どまった。苦労ばかり続いた奈津子のことを思うと、このまま死出の旅に立つのはあまりに惨すぎた。

夜になると、沖合に漁火がぽつりぽつりと灯りはじめた。海の暗さが増すほどにその色合は鮮明になり、この世のものとは思えぬ幻想的な光へと変った。その光を眺めながら、山岡は自首することを心に決めた。そのことを奈津子に話し、了解を求めると、奈津子は静かに頷いた。二人はこれからの事を誓い合い、その夜は竜飛岬のホテルに一泊した。最初で最後の夜になるかもしれず、二人は知らず知らずのうちにお互いを求め合いながら夜を過ごした。そして翌朝、竜飛岬を後にした。

宇崎は傷が深手だったが、一命を取り止め隣町の病院に入院していた。物の弾みとはいえ、刃先が運悪く上向きに刺さったため警察は凶悪な傷害罪と見て山岡を逮捕した。自首とはいっても、一度逃げたことが印象を悪くしていた。常識から考えるなら、ヤクザが素人を相手に喧嘩を売った形なのだが、山岡もかなり感情的になっていたことは事実だった。山岡はそのことを否定しなかった。

一方、重傷の宇崎に代って出頭した中背の男が、宇崎はもともと威すつもりでナイフを手にしただけで、刺す気はなかったのだと証言した。その結果、山岡は加害者として厳しい裁定を受けることになった。しかし、山岡は動じなかった。山岡自身、犯した罪は罪として、償うつもりでいたからだ。

北上山系が秋の深まりと共に紅葉が一際、色彩を増している頃、山間に一人の男の姿があった。眼を奪う華やかな紅葉も近づいて見ると、枯葉や病葉が寂し気に影を落としている。

『病葉のままでは終りたくない…』

ふと漏した自分の独言に山岡は内心ぎくりとした。山岡は刑期を終え、数年ぶりに故郷に帰ってきていた。まだ三十歳前だというのに顔には皺が現れ、頭髪には白いものが混じっていて、刑務所での辛い日々が偲ばれた。

最初のうちは会いに来てくれた奈津子もだんだん足が遠のき、一通の封書が届いてからは、姿を見せることはなかった。手紙には次のようなことが書かれていた。

『しばらく会いにも行かないで、ごめんなさいね。面と向かっては言えず、手紙にしました。実は、貴方には黙っていたけど、一度だけ宇崎の所にお見舞いに行ってきました。宇崎は貴方に刺されたとき、自分を見捨てて私が貴方と逃げたことがとてもショックで、その分、貴方へ強い恨みを抱いていました。

怪我が直ったら必ず、貴方に仕返しをすると言って…それで私は山岡さんとはもう会わないから許してあげて、と頼んだの。すると宇崎はしばらく考えてから、堅気の人間にはもう手を出さないと約束してくれたわ。

貴方に会えないことは辛いけど…でも、勇ちゃんなら、きっと解ってくれると信じています。さようなら、勇ちゃん……』

それは山岡の命が狙われることを懸念して奈津子が身を引く約束を、宇崎と交わしたという内容の手紙だった。奈津子に会うことを唯一の支えとしていた山岡にとって、それは堪え難いことであった。山岡は、冷たい壁に額を打ちつけ、号泣したあの時の自分の姿を思い出していた。そして、風舞う冬の到来に怯えながら、じっと寒さに堪えている病葉の姿に山岡は、人生を大分遠回りしてきた自分と似たものを感じるのだった。

追う者と追われる者、騙す者と騙される者、人間社会の抗争は絶えない。自然界にも形は違えど、共通した苦悩があると山岡は思った。山岡は手を伸ばし、そっと病葉に触れてみた。その病葉はあの奈津子の哀しそうな横顔にも似ていた。

『病葉で終らないためにも、もう一度、奈っちゃんに会いたい……また偶然の再会なら、奈っちゃんもきっと許してくれるだろう』

と、一人呟く山岡の眼は涙が溢れそうだった。

見上げると、晩秋の空が紅葉の山々を包み込み、どこまでも澄み渡っていた。

（了）

（平成七年　北の文学第三十一号　入選）

玲瓏の月に咲く

一

真夏の陽射しが車のウインドーに照りつけ、クーラーのない車内はむせ返っている。行き交う車の排気ガスが時折、鼻を突き、埃まで入ってくる。根本耕朗は、いつものように車を走らせながらテープを聞いていた。

さっき立ち寄った横浜港の岸壁に打ち寄せる波の音がまだ耳の中に残っているが、カーステレオから流れる麗華の哀愁を帯びた美しい歌声にいつしか引かれていった。

時は、一九七〇年代に差し掛かろうとしている頃のことである。あと半年足らずで締結後、十年という節目の年を迎える懸案の日米安保の問題をめぐり、あちこちの大学から火の手が上がり世の中も騒然としていた。

雑誌記者をしている耕朗は時代の移り変わりに翻弄されつつ、スクープ捜しに忙しい毎日を送っていた。

その日、耕朗は学生運動の取材を兼ねて、久しぶりに横浜にある自分の古巣の私立大学に立ち寄った。夏休み中にもかかわらず、地元の学生を中心に活動はますます活発になっていた。学内に足を一歩踏み入れると、真新しい看板や張り紙がやたらと眼につき、学生たちが忙しく走り回っている。

耕朗は本館の裏手を通り、自分もかつて所属していた『社会問題研究会』の部室がある建物に入って行った。机や椅子が乱雑に置かれた部室の中で、数名の男女の学生が何やら大声で話をしている。

風を入れるためか、戸や窓は開けたままだ。人の足音に、何者が入ってきたのかと、学生たちは訝しげに戸口の方に顔を向けた。

「あっ、先輩だ…」と、誰かが叫ぶと同時に、耕朗と面識のある学生たちは、銘々懐かしそうに挨拶をした。

「やあ、どうも、しばらくだったね。みんな元気かい？」

持ってきた菓子折りを無造作にぶら下げて、中に入った耕朗は気軽に声をかけた。

「お久しぶりです。先輩こそ、お元気そうで、ご活躍の噂は聞いています」

「活躍というほどでもないけど…なんとか勤まっているっていうところかな」

たわいもない話をしながら、耕朗は、新入部員と思われる二、三人の女子学生の中に、目鼻立ちの整った女の子がひとり紛れ込んでいるのを眼にして驚いた。今、売り出し中の新人歌手の麗華にそっくりだったからだ。耕朗は自分の眼を疑った。さっきまで、彼女のテープを聞いていたとは言うものの、その本人がこんな所にいるなんて信じられなかった。

しかし、似ているというだけで本人かどうか確たる証しはなかった。だから、もし彼女がしらばくれたなら、それまでだったかもしれないが、耕朗の視線に気付いた彼女は素性を隠そうともせず、「私、麗華って言います。ここの学生ではないんですが…」

と、言ってニコリと笑った。

耕朗が彼らの先輩であり、それにスポーツマンタイプで正直そうな顔付きをしているので安心したのかもしれない。

「ぼ、ぼくは、根本といって、しがない編集社の記者をしている者です…よろしく」

耕朗は慌てて、ぺこりと頭を下げ、麗華に愛嬌よく微笑んだ。心なしか、耕朗の広い額やちょっと高めの鼻が汗ばんでいる。

「先輩、どうしたんですか？　急に、僕なんて言ったりして…ところで、きょうは何か取材でもあるんですか？」

と、メガネをかけた長髪の野澤が、皮肉たっぷりに問いかけた。彼はもう四年生で、ここではリーダー格という感じだ。

「うん、なーに、別に取材という程のことでもないんだけどね…」

耕朗は何気ない素振りを見せて笑った。すでに興味が麗華の方に移っていたが、学生運動の現状も聞かねばならず、と言って、いきなり取材という態度をとれば、警戒されるだろうと思った。

「どうだね、最近は、何か活動してるの？」

そこで耕朗は努めて世間話でもするような口調で尋ねた。

「嫌だなあ、先輩やっぱり我々の運動を取材に来たんでしょう?」

学生たちは、もう見抜いているという表情で、お互いに顔を見てニヤニヤしている。

「何も、そう警戒することはないだろう。俺だって、つい二年前までは同じ飯を食っていた仲間だぞ…」

「それはそうですが、我々、警察の次に怖いのはマスコミなんですよ」

と、いかにもインテリ風の脇田が口を挟んだ。真面目さを装っているが、眼は笑っている。他の連中もそれに合わせ、笑いながら、「そうだ。そうだ」と頷いている。

「おい、おい、そう、いじめるなよ。できは悪いが、これでも君らの先輩だぜ…」

まいったなあという表情で頭を掻く耕朗のしぐさに皆が、どっと笑った。

取り留めのないやりとりが続き、しばし和んだ空気が流れた。目まぐるしい日常を送っている耕朗は、いつしか、のんびりした学生時代に戻ったような錯覚に陥るのだった。

麗華たちも耕朗や男子学生の話を聞きながら楽しそうに笑っていた。しかし、潮時といった雰囲気を感じたのか、そばにいた女子学生が麗華にそろそろ退散しないか、と促した。麗華も頷き、二人は帰る支度をし始めた。

どうやら、麗華はその女子学生と懇意らしい。気が気でないのは、耕朗だった。ここで、みすみす麗華を逃がすわけにはいかない。

麗華とその女子学生が黙礼して部室を出るのと同時に、

「じゃあ、そのうち、また来るよ」

と言って、引き止めようとする後輩たちを振り切り、急いで二人の後を追った。

「結局は、先輩、何をしに来たんだでしょうね…？」

と言いながら、残された学生たちは、狐につままれた顔をして、耕朗が出て行ったドアの外をぽかんと見つめていた。

まもなく麗華たちに追いついた耕朗は、自分もちょうど帰るところだと言って、二人を車に乗せた。行き先を聞くと、おなかがすいてきたから、どこか適当なレストランがあったらそこでいいと言うので、耕朗は、彼の行きつけのレストランに二人を連れて行った。そして自分も昼食がまだだったので付き合うことにした。

「きょうは、俺が奢るよ」と言って、耕朗は、何から何まで自分の思惑通りにいっていることに気をよくしていた。

昼を大分過ぎたからか店内の客は疎らだった。耕朗たちは海の見える窓べの小さなテーブルに陣取った。目の前に女の子二人が座っている。注文のものがまもなく運ばれてきた。

「さあ、食べようか」

耕朗は眼で合図をした。もうフォークを手にして、二人の眼が輝いている。

「良かったね。ご馳走になれて…はなえちゃん」

片目をつぶり、麗華は女子学生に同意を求めた。その子は花絵という名で、幼馴染みだという。花絵も笑みを浮かべ「そうだね」と賛同の言葉を発した。

耕朗は改めて肉付きのいい健康的な麗華の体に眼をやった。Tシャツにミニスカートという気軽なファッションを無造作に着こなしている。一方の花絵は痩せていて、Tシャツにも皺が寄っている。しかしその割には丸顔で、いかにも呑気そうな雰囲気を漂わせている。それが、かえって麗華に安心感を与えるのだろう。

「私ね、本当はあなたが声をかけてくれるのを内心、期待してたの…学生さんより、あなたの方がお金持ちでしょう？　う、ふ、ふ…私って、悪い女ね…」と言って、麗華はぺろりと舌を出した。花絵も口元を押さえ、くすっと笑った。

「なーんだ、ひどい人達だな…まっ、いいか。一応、俺は大学の先輩だから、遠慮はいらんよ。麗華ちゃんも俺の後輩ということにしておこう」

「まあ、うれしいわ。でも、後輩なら『ちゃん』付けはおかしいわよ。麗華って呼んで…」

涼し気な眼差しが、笑うと愛らしい。思えば、麗華もまだ二十歳になったばかりだ。

しばらく食べることに専念していたが、たちまち皿を空にした。そして耕朗の視線にちょっぴり恥ずかしそうに微笑んだ。

「小さい頃、私の家は貧しかったの。だから、家の食事だけでは足りなかったのよ。でも外で、ご馳走になっちゃだめよって母には言われていたんだけど…」

取って付けたような麗華の弁解めいた言い方がおかしかった。しかし、耕朗は黙って聞いていた。

「ああ、そうそう、あなたは雑誌記者さんでしたわね。ごめんなさいね。つまらないことをおしゃべりして…本当は、私が何故あの大学にお邪魔していたか知りたいんでしょう?」

麗華は思い出したように話題を変えた。あまりに唐突だったので耕朗は少々慌てた。

「いや、まあ、それは…多少は、仕事柄、気にはなるんだけど…別にいいんだよ…」

耕朗は、麗華の頭の回転の速さにしどろもどろになっている自分が疎ましかった。「遠慮してるのね。でも私、そういうあなたが好きだわ。どこか抜けてるみたいで…それでも、ちゃっかり私たちを拉致するんだから隅に置けないわね」

麗華はちらっと耕朗をにらむ真似をし、それから芸能界のつまらなさや、ときどき花絵に自分の愚痴を聞いてもらって気分を晴らしていることなどを話した。花絵とは家も近くで高校まではいっしょだったという。

「花絵ちゃんにくっついて、彼女の大学に出入りするようになったのも、最初はただの好奇心からだったけど、あの研究会の人たちの純粋な熱いエネルギーに触れて、私、なぜか自分の心が揺さぶられたみたいな気がしたの…それが何か、はっきりしないんだけど…でもあの人たちといっしょにいると、心が洗われる感じがするわ。だから、時々、遊びに行っているのよ。おじゃま虫とは、分かっているんだけど…」

麗華はふと淋し気に俯いた。彼女は誰もが憧れを抱く芸能の世界に安住できずにいるのだろうか。そんな、彷徨う麗華の陰の部分のあることを感じ取った耕朗は、画面の中の彼女と現実の彼女とのギャップがあまりに強烈だったため、言葉を失っていた。

耕朗はきょうのことを記事にしようかどうか困惑しつつ、煙草に火をつけた。目の前の二人は耕朗の心の裡など知らぬ気に、食後のコーヒーを美味しそうに飲んでいる。

二

まだ早朝の編集社にあまり人気はない。女子社員が一人、はやり歌を口ずさみ、机を拭いている。

耕朗は深々と椅子に座り、右手にはペンを持ち、口には煙草をくわえ、ぼんやり考え事をしている。昨日のことを記事にしようと意気込んではみたものの、ぜんぜん筆が進まないのだ。麗華は何を悩んでいるのか…耕朗には皆目、見当がつかなかった。

歌手になりたいと希望しても、そう簡単になれるものではない。百人に一人、否、千人に一人といっても過言ではあるまい。すでに新人歌手としての一歩を踏み出している麗華は、むしろ幸運な境遇にいると言ってよいのだ。なのに何が不満なのか…？

それとも、彼女の場合は、不満というよりは、何か眼に見えない不安におののいているのだろうか？あの生き生きした笑顔とは対照的に時折、見せる陰翳が気になった。

そこら辺の事情を確かめない限り記事にはできない。雑誌記者という立場で、もう一度会おうと思えば会えないこともないが、耕朗はためらっていた。

「よー、おはよう」と、誰かに声をかけられたような気がしたが、まだぼんやりしていた。

「何か、考え事かい？」

肩をポンとたたかれ、耕朗はやっと我に返った。見ると、同輩の戸倉順三がニヤニヤしながら真横に立っている。

「なんだ、いつ来たんだよー？」

「いつ来たは、ないだろう…挨拶ぐらいはするもんだよ」

「えっ、言わなかったっけ？　お、おはよう！」

「何を慌てているんだよ…朝っぱらから恋の悩みかい？」

耕朗は内心どきんとした。そんなはずはないんだが、勝手に顔が強張った。それを否定するように口ごもりながら、前日の事をかいつまんで戸倉に話をした。

「それは特ダネじゃん。悩んでいる暇なんてないぜ。さあ、仕事、仕事！」

戸倉はニヤリと笑い、素っ気ない表情で、『仕事』をわざと強調して自分のデスクへと向かった。彼の脳髄にはロマンスのかけらもないらしい。耕朗は言ってしまってから後悔した。興ざめとはこのことかと、煙草を吸うのも忘れ深く溜息をついた。

耕朗の勤めている編集社は、社員数が三十人程度の中規模の会社だが、雑誌の売れ行きも良く活気があった。もうそろそろ部署ごとに顔ぶれも揃い、社内はざわついてきていた。編集長が、声高に近くの女子社員に何か指示を出している。

朝の挨拶も何もあったものではない。耕朗は気乗りしないながらもペンを走らせた。仕事をするふりでもしないと、いつ編集長の気合いが飛んでくるか分からないのだ。


『花束を持って…取材…どうも様にならねえな…』耕朗は東京にある某テレビ局のスタジオの脇の廊下を行ったり来たりしていた。窓越しにスタジオの中がよく見えた。

スポットライトを浴びながら、麗華が無心で歌っている。きょうの彼女は化粧をしているのだろう。この間の彼女とは思えない別人のようだ。華やいだ衣装に身を包み、一〜二歳大人に見える。その表情からは、やるせない苦悩があるなどとは窺い知ることはできなかった。

収録の終りを告げる合図と同時に麗華がステージを降りた。マネージャーらしき中年の女と麗華がスタジオから出て来るのに数分とはかからなかった。いつ現れたのか、マスコミの連中が麗華を取り囲み写真を撮ったり、インタビューを始めた。耕朗は少々照れながら、大勢の記者たちの後方に立っていた。いつもなら仕事と割り切っているから、それ程緊張しないが、なぜかきょうは弱腰だった。

しばらくして、少し離れた所にいる耕朗に気付いた麗華が、意味あり気に笑いながら耕朗のそばにやって来た。

「この間は、どうもご馳走様」そして、

淑やかに頭を下げて礼を言った。回りの連中やマネージャーらしき女はその訳がよく分からず、目をパチパチさせている。

「この人も、マスコミ関係者よ」

麗華は『この方は…？』と問いかけなマネージャーらしき女に説明をし、それから耕朗にマネージャーだと紹介した。

「きょうは仕事じゃなかったの？　花束など抱えて…どうしたの？」

麗華は、首を傾げて微笑んだ。

「もちろん仕事で来てるんだけど…でも、きょうは、君のファンの一人として来てるのさ。これ、安物だけど…」

と、耕朗は冷や汗をかきながら花束を手渡した。

「わあ綺麗な花ね。私、お花、大好きなのよ」

麗華は目を閉じ匂いを嗅いだ。そして有難うと、礼を言った。マスコミの連中は、他の歌手の方に行ったり三々五々いなくなった。

「ちょっと待っててね。着替えてくるから…それから、この花、メイク室に飾るわね」

そう言ってマネージャーと一緒にメイク室の方に歩いて行った。デートに誘ったわけではないが、親しい友人のように扱ってくれる麗華の心くばりが耕朗には嬉しかった。

テレビ局の地下一階にある喫茶室に、二人は入って行った。地下と言っても斜め上の窓から、地上の太陽光線が漏れてくるので、圧迫感がなく広々としている。大分離れた所に三、四人の客が見えるが、昼食時が過ぎたせいか中は静かだった。ムード音楽が心地好く流れている。

「何か、食べる?」

耕朗は、眩しげに麗華を見た。

「私のこと、食いしん坊だと思っているのね」

麗華は艶やかな笑いを浮かべ、耕朗を睨んだ。涼しそうなワンピースに着替え、胸元が零れそうになっている。化粧は落としていないので、芸能人らしさが漂っている。

「そういう訳じゃないけど、何曲か歌うと相当エネルギーを使うらしいから…」

「あら、きょうは、たったの二曲よ…でも、やっぱり少しおなかが空いてきたわ」

ちょうどウエートレスが水を持ってやってきた。耕朗とは顔馴染みらしく、ウエートレスは意味ありげに笑った。

「俺は、コーヒー」

耕朗は片目を瞑って応対した。

「私は…じゃあ、コーヒーとトーストと何かサラダでもお願いするわ」

ウエートレスと耕朗のやり取りにはまったく無関心な麗華に、ウエートレスは慇懃に礼をして戻って行った。

「それだけで、足りるの？」耕朗はこの間の彼女の食欲を思い出して言った。

「いやねえ、私をこれ以上太らせたいの？　お昼だって、ちゃんと食べてるんだから…」

「やあ、ごめん、ごめん…そういう意味じゃあないんだけど」

と、耕朗は、口をとんがらせ頬を膨らませている麗華に謝った。

「ところで、きょうは何か用事があったの？　それとも、もしかして私のことを書こうとしているのかな…」

図星でしょう？　という顔付きで耕朗を見た。

「勘がいいんだなあ。実はそうなんだよ。最初は学生運動の取材のつもりだったんだけど、思わぬ所で君に会ったもんで、テーマをどっちにしようか迷っているんだ」

耕朗は、てれ笑いを浮かべ、麗華の顔色をうかがいながら正直に答えた。

「でも、それがあなたの仕事なんだから迷うことないわよ。私、書かれて困ることなんてないわ…かえって宣伝になるかも…」

屈託のない麗華の笑顔に耕朗の心は決まった。単なるタレントのスキャンダルやしくじりをほじくった記事より『新人歌手と学生運動』とでも題を付ければ、あるいは、かえって新鮮なものになるかもしれないと思った。

「できれば私が普段考えていることも知ってほしいし…それから家に来て、私生活を覗きたいと言うのなら、それでもいいわよ…」

「いやー、そこまでは…」

麗華の積極性にどぎまぎしながら、耕朗は、汗顔の至りとばかりにクーラーのきいた喫茶室で額の汗を拭いた。ちょうど、そこに注文のものが運ばれてきた。さっきのウエートレスが、まあお熱いのね、とでも言いたげな表情で、コーヒーと一人分のトーストとサラダを置いて、さっさと引き上げて行った。

「とにかく、食べたら…」

麗華に押されぎみな耕朗は、ほっと一息ついて煙草に火をつけ、コーヒーを一口飲んだ。

それからミルクと砂糖を少し入れた。

「あら、おもしろい飲み方するのね。あの時はストレートだったわよねえ…私はいつもストレートよ。太ると困るから。別に痩せてきれいに見せようというのじゃなくて、着る物が無くなっちゃうのよ…貧乏性かな？」

そう言って、首を傾げ胸を張った。すると健康的な胸が大きく突き出た。耕朗は思わず眼をそらし、慌てて煙草の灰を落とす真似をした。カウンター近くにいるあのウエートレスの視線を感じ、耕朗はまた汗を拭いた。麗華は遠慮なしにパクパク食べている。

「ねえ、それより、どうするの？　これを食べちゃったら…私、きょうの午後はオフなの…付き合ってもいいわよ」

どうやら麗華は、編集社の仕事にも興味を持ち始めたようだ。大分、好奇心の旺盛な女の子だと、耕朗は改めて感心した。

「私、物心がついた頃から、バイトで夜、母が働いていたお店に出て歌っていたの。歌はもともと好きだったけど…自分のお小遣いの足しにするつもりだったのに、いつの間にか家では私の収入まで当てにするようになったの。それで、やめられなくなっちゃって…下に妹ひとりと弟が三人もいるのよ。父は中国人で、数年前に死んじゃったわ。だから、その後の母の苦労は並大抵ではなかったみたい…」

食べ終わらないうちに麗華は、身の上話しを始めた。

「君のお父上が、中国の人とは知らなかったなあ。それで中華街に住んでいるんだね？」

「ええ、そうなの。実は…私の父はもともとは革命運動家だったのよ。でも生れ故郷の中国を追われて台湾に渡り、それから日本にやって来たの。その後、私の母と結婚し、家族を養うために中華街のレストランで下働きをしたり、仕事があれば、なんでもしたらしいわ。理想を求めて日本に来たのに、現実は厳しいものだったのね…仲間にも社会にも受け入れられず、けっきょく過労で倒れ、療養も十分できないまま、数年前に帰らぬ人になっちゃったの…私が学生運動に興味を示すのも、きっと私の体の中に革命家としての父の血が流れているからかもしれないわ…あなた、今の話を聞いて怖くなったでしょう？」

と、麗華は含み笑いをして、耕朗をからかった。

「おいおい、俺は、雑誌記者だぜ。いちいち怖がってどうするんだよ」

そんな冗談を言いながら、耕朗は自分を信じ、すべてをさらけ出して自分に協力しようという麗華の心情に襟を正さざるを得なかった。そして、書くことの意味、重要性を改めて考え直さなければならないと、いつしか耕朗は自分に言い聞かせていた。

三

新人歌手と学生運動との関わり合いは格好のネタだった。一時、燻っていた学生運動は再び激しさを増し、あちこちでデモや集会が行われ、デモ隊と機動隊がぶつかり合ったり、時には過激派同士の抗争にまで発展していた。

もっとも麗華の場合は、学生運動の盛んな地元の大学を時々訪れていただけで特に運動に参加しているわけではない。しかし、それでは記事にならない。麗華の父親が革命運動家であったことなども盛り込まない限り現実味に乏しいものになる。耕朗は悩んだが、麗華があえて身の上話しで打ち明けてくれたことでもあり、書くことにした。

麗華の無邪気な笑顔の裡に隠れた翳の部分が精神的な強さの象徴とも言えたが、それは彼女の脆さでもあった。ゆえに信じる誰かを求めずにはいられないのであろう。それがあのキャンパスに足を向わせた理由なのかもしれない…。

少しずつ彼女の謎が解けてくるにつれ、芸能の世界に安住の居場所を見い出せない彼女の苦悩が耕朗にも伝わってきた。

その悩める人の世になんの疑問もいだかず、ただ時の流れに身を任せている人間と、麗華のように傷つき戸惑っている人間がいる。本来なら、安易な日常に埋没し、鈍感になっている人間に対して警鐘を鳴らすのがジャーナリストの仕事なのだが、自分はそれを久しく忘れていたようだと耕朗は原稿を書きながら、しきりに猛省していた。

人間の歴史とは、富と美の追求であるとも言える。その争奪のため、夥しい血が流された。そしてその闘いの代償として残された物はいったい何なのか？　いつの時代にも不安が付きまとい、人間は常に何かに怯えている…『若者たちをして、学生運動に駆り立てているものは何か？　それを他人事と傍観できずに新人歌手、麗華は、その中に身を投じようとしているのか？』…その問い掛けを最後に、耕朗はペンを置いた。

原稿がほぼ完成した日、早速、麗華に電話をし、以前、麗華と花絵を誘ったあのレストランで落ち合った。夕日が空を茜色に染め、海中に没するまでにはそう時間がかからなかった。室内に幻想的な明かりがともり、外を見ると、黒ずんだ海面が静かに息を潜めている。

幾分、緊張気味の麗華は明るいクリーム系のスーツに身を包み、ややスリムに見える。麗華は目の前のコーヒーを一口飲み、それじゃあ拝見と原稿を手にした。しばらく読み進んでから、

「私の父のことも書いてくれたのね。これで父も少しは浮かばれるかもしれないわ。ありがとう…」と言って、微笑む彼女の眼に心なしか涙が光っていた。

「もし、そうなら嬉しいんだけど、それよりも、これを出してからの君のことがちょっと心配だな。世間がどんな眼を向けるか…」

「心配はいらないわ。父の跡を継ぐ気はないけれど、私は、私のやれる範囲内で学生運動を支援していきたいと思っているだけよ。もし、それで社会の批判を受けたり、人気が落ちることになっても構わないわ…夢半ばで倒れた父の無念を思えば、何もしないと言うわけにはいかないのよ」

そう言って、また原稿に眼を移した。麗華はほつれ毛を払おうともせず、しばし読むことに没頭した。そして、最後の問い掛けの所まで読んだ時、ふ、ふ、ふ…と笑った。

「結びの所、なかなかおもしろいわね…さすが雑誌記者ね。感心したわ」

麗華の晴れやかな笑顔に、耕朗は胸を撫で下ろした。

「やれやれ、なんとか君の許可が降りそうだな。ほっとしたよ」

「ほっとしている場合じゃないわ。次は、私があなたを取材する番よ。あなたのアパートに連れて行ってよ。あなたの私生活を点検してあげるわ…ウイスキーぐらいはあるでしょう？　祝杯を上げましょうよ」

強引な麗華の申し出を断りきれず、耕朗は、冷たくなったコーヒーを飲み干し腰を上げた。


そこは横浜港を一望できる高台にあった。白い外壁の二階立てのアパートが、木々の間から漏れる月の明りに照らされ、姿を現わした。その異国情緒の建物を見て思わず、「わあ、素敵！」と麗華が叫んだ。

耕朗のアパートは六畳と四畳半の二間で、六畳の部屋には所狭しとソファーやら机が並べられ、もう一つの四畳半は寝室になっている。

「男性の部屋にしては、割りと片付いているのね…」

タバコの匂いの染み込んだ部屋の空気を嗅いで、女気のないことに安心したのか、部屋に入るなり、麗華はあちこち眺めて一人で、はしゃいでいる。

「ウイスキーは水割りでいいかい？　つまみはチーズぐらいのものだけど」

と、そんな彼女を横目で見ながら言った。

「うれしいわ。祝杯を上げるには十分よ」

「祝杯と言ってもまだ、あれは週刊誌に載せてないし、それにどれだけ社会の反響があるか、予測もできないよ…」

「まあ、いやに弱気なのね。なんだったら私、あなたの恋人になってもいいわ。そうすれば、もっと注目されるわよ」

また麗華の戯れが始まったと、耕朗はニヤニヤしながら、

「とにかく乾杯！」とグラスを手にした。

「そうね。ご苦労様でした」

カチーンと、心地好い音が響き渡った。

「あなたのアパート、ロマンチックで素敵ね。私、気に入ったわ。時々遊びに来てもいい？　でもあなた、こんなおてんば娘は嫌い？」

麗華が上目遣いに耕朗を見た。

「好きとか嫌いとか、急に言われても困るけど…嫌いなら、こんな所まで連れてこないよ」

彼女への気持ちをはっきり言い出せない自分をもどかしく思いつつ、耕朗は水割りを口にした。

「前に連れ込んだ女の人いるの？」

「連れ込んだはひどいな。ここは俺が一人になるための隠れ家なんだ。めったに人は連れてこないよ。女としては君が始めてかな…」

「とかなんとか言って、はぐらかすのね。でも、まあ、いいか。じゃあ、きょうのところはこれであなたの取材は終りにするね。おいしいわ、この水割り、久しぶりなの…」

グラスを揺らし、あどけない笑顔の麗華を見ながら、耕朗は人と人の出会い程、不思議なものはないと思った。それが単なる偶然の出来事であったとしても、やがて、それがお互いの運命を変えるものとなるなら、やはり人知を越えた力を認めざるを得なくなる…そんな気がした。

耕朗は麗華をいつでも抱き締めることのできる距離にいながら、ためらっていた。恋人になってもいいと、彼女自身が言ってくれているのに、時間と共に兄貴か物分かりのいい先輩みたいになっている自分がもどかしかった。麗華がグラスを置いて、ふと立上がり窓のところへ行って外の景色を眺めた。

「まあ、きれい。港が見えるのね…まるで別世界ね」

耕朗には見慣れた景色が麗華には新鮮だったのだろう。彼女の顔が輝いている。その横顔は玲朧な月に咲く華のように妖しいまでに美しかった。

海岸線に沿って高層ビルが建ち並び、そこから放たれる明りが海を照らし、都会的なムードを醸し出している。しかし耕朗にとっては、自分が生まれ育った東北の海と異なり、どこか人工的な感じがするのだった。

「横浜の海は、俺が育った東北の海とは全然違うよ。おれの故郷の海は見渡す限り汚れのない紺碧の海原が連なっていて、夜になると季節によっては漁火も見えるんだ」

と言って、耕朗も窓辺に行って麗華の傍に寄り添った。

「まあ、あなたの生まれは東北だったのね…道理でどこか、のんびりしていると思ったわ」

麗華は笑いながら耕朗の腕にもたれ掛かった。もたれ掛かったというより、倒れ込んだと言った方が良かった。遠い存在だった彼女が今、耕朗の腕の中にいる。信じ難い心地だった。しかしもうためらうことはないと思った。共鳴するものが、お互いの内部にあったとすれば、結び合うのは当然の成り行きなのだ。

耕朗は彼女をきつく抱き締め、唇を重ねた。彼女の唇が柔らかく吸い付いてきた。胸は想像よりもっと柔らかく弾力があった。耕朗は体を預けた彼女をソファーに横にし、明りを消した。部屋は暗闇に包まれたが、月の光が彼女を照らしている。

盛り上がった波打つ胸の辺りは明るく、折り曲げた太腿の部分は暗がりになっていた。汗ばんだ首筋に唇を押しつけ、耕朗は麗華を抱いた。彼女は声にならない呻き声を発したり、耕朗の背中に手を回し、しばらくは身を任せていた。しかし激しさが増すにつれ、麗華は冷静さを取り戻していた。大人になった体とは裏腹に、彼女の精神はまだ、うぶなままだった。

「ふ、ふ、ふ…」

という彼女の笑いを耳にした耕朗は驚いて顔を上げた。

「どうかしたのかい？」

「これ以上はだめよ。お嫁に行けなくなっちゃうわ」

ソファーに起き上がり、衣服を整え、乱れた髪を直しながら言った。耕朗はエネルギーの捌け口を失い、不完全燃焼のまま、麗華を呆然と見ていた。

麗華はわざと怒る真似をして、いけない人ね、乱暴なんだから…と言って笑った。

耕朗は彼女の様子に最初は戸惑ったが、気を取り直し、やあ、ごめん、ごめんと素直に謝った。そして、

「大丈夫かい？」と、言いながら、薄明りの中で彼女を抱き寄せた。

「好きになってもいいの？」と麗華が訊いた。

「うん…俺も君が好きになりそうだよ」

麗華の腰に手を回し、耕朗は頷いた。彼女の腰はほっそりしている割に肉付は豊かで、彼女の呼吸に合わせて息づいている。上着の下に手を入れると、裸の背中がうっすらと汗ばみ、香水のかおりが微かに漂ってくる。

満ち足りた時を過ごした二人は、一緒に外に出た。月の光が麗華の顔を白く照らし出した。なだらかな坂や石段を下り、車が行き交う明るい通りまで来ると、

「今夜のことは、ふたりだけの秘密ね」

と言って麗華が悪戯っぽい眼で耕朗を見つめた。耕朗も静かに頷き、優しく彼女の手を握った。

麗華はまもなくやって来たタクシーに飛び乗り、中から手を振った。耕朗がそれに答えるべく手を上げると同時に、タクシーは走り出した。耕朗は彼女を乗せたタクシーがネオンサインの明滅する都会の雑踏に消えるまでその後姿を見送った。

四

翌週、耕朗の編集社から、麗華の記事の載った週刊誌が発行された。そして二、三日もしないうちに、その記事についての問い合わせの電話が編集社や麗華の事務所に殺到した。

社会的反響が確かなものとなった反面、社会の冷たい仕打ちが麗華を襲った。日に日に彼女の人気は下降線を辿り、テレビへの出演も半減していった。

反社会的な部分のみが取り沙汰されて、新人歌手の分際で生意気だとか、歌手は歌手で黙ってやっていればいいんだとか、惰眠的な生活を批判された読者の中には、安易な生活のどこが悪いと…揚げ句の果てに編集社に食ってかかる者もいた。

反響を呼んだ分、週刊誌の売り上げは上々で、機嫌を良くした編集長が編集社への苦情を一手に引き受けてくれていた。しかし耕朗自身、やや誇張して書いた所もあり、心境は複雑だった。

耕朗は心配で時々、麗華に電話をしたが、電話の向こうの彼女はまだそれ程、落ち込んでいなかった。それだけが、せめてもの救いだった。

麗華はテレビへの出演が減った分、学生たちからの要請で学生集会に顔を出すことが多くなった。請われればマイクの前に立ち、一曲歌うこともあった。

ところが学生間の人気が高まるにつれ、麗華は今までの安らぎの場を失う羽目となった。彼女が出入りしていた大学は、勢い、活動が活発になり、あの『社会問題研究会』の部室は活動家の集まる拠点となり、角材や火炎瓶のような物騒な物まで持ち込まれ、激しい議論のぶつかり合いの場と化していた。

そんな麗華にとって、花絵たちと参加する学生集会だけが安住の場となっていた。しかし学生集会に参加する度に歌う曲目が増え、彼女のコンサートなのか、学生集会なのか、判別できなくなることがあった。

そして、集会の盛り上がりと共に女子学生の参加率が増え、それによって、その親たちからの反感を買うことになった。特に麗華ひとりが煽ったわけではないのだが、デモや集会に参加する女子学生が増えるに従い、麗華に対する社会批判は、水面下でも深刻なものとなっていた。そのような社会批判に気付かず、麗華はますます学生運動の応援にのめり込んで行った。

そんな中、不運なことに、デモ隊と機動隊との衝突で麗華に憧れて参加した女子学生が死亡するという不慮の事故が発生し、麗華は思わぬ所で苦境に立たされることになった。

さらに追い討ちをかけるように、マネージャーを通して、麗華が所属する事務所から、レコードの売り上げがはかばかしくなく、またテレビの出演料が減り、やり繰りが難しくなっているとの苦情があり、それが彼女を苦しめた。仕事上の苦言は社会からの攻撃より麗華にとっては辛いことだった。

耕朗は、八方ふさがりの立場に追い込まれ、苦しんでいる麗華に対して強い責任を感じていた。時代背景が原因と言ってしまえば、それまでだが、麗華の歌手生命にまで影響を及ぼすことになるとは耕朗の予想を遥かに越える事態だった。耕朗はペンを握る立場の怖さを改めて知らされた。

学生運動の激化はもはや止まらぬ所まで来ていた。例の女子学生の死亡事故がそれに拍車をかけ、弔い合戦の様相すら呈してきた。

学生たちは火炎瓶を投げ、機動隊は催涙ガスを発射させた。怪我人が続出し、手の施しようがないという状況になっていた。

麗華の支援活動とちょうど同じ時期、新進気鋭の一人の作家が著名な大学で講演をしたり、時には、学生らと議論の場を持ち、話し合いを重ねていた。そして彼は学生らにデモや集会を自粛し、講義に出て学生の本分である学問に励むように説得もした。しかし血気盛んな学生らは、なかなか応じようとはせず、中にはその作家を突き飛ばす者もいた。

議論では負けない人であったが、男の世界には理屈を越えた鉄拳も必要と感じたのか、それを機に、その作家は講演活動を止め、自らを鍛えるべく、密かにボディビルや空手を始めた。その後、理論だけではなく、自分の体で示そうとするその作家の美学を慕い、体育系の学生がぞくぞくと集まってきた。

まもなく、その若者らを中心として一つの集団が組織され、そして、学生運動を支援する団体とは一線を画することになった。

そろそろ秋風が吹く頃、厳《いか》つい男達の集まる東京都内にあるその作家の広大な邸宅にうら若き女性が姿を現した。

紺色のワンピースを着て、小さなバックを手にし、すらりとした容姿の女性である。それがなんと驚いたことに麗華だった。好奇心の固まりの彼女ではあるが、なにか相談事があってのことか…見ると、彼女のマネージャーもいっしょだ。太った体を小さくして恐る恐る麗華の後にくっついている。

玄関に出た筋肉が盛り上がり逞しい若者の案内で、二人は書斎らしき和風の部屋に通された。ぎっしりと書物が詰まった本箱に囲まれ、その作家はどっかりと座って、原稿用紙にしきりと何か書いている。

「ここは、君のようなお嬢さんが来る所じゃないよ。怖い兄さんたちが用心棒みたいにうろうろしている物騒な家なんだよ…」と、二人が膝をついて挨拶をするかしない内に、麗華をじろりと睨み、ニコリともせず言った。

「突然お伺いし、申しわけありません。私、麗華といいます。歌手をしている者ですが…先生にご相談があって参りました」

麗華の顔がさすがにこわ張っている。

「君の噂は聞いてはいるが、残念ながら私は今では、学生運動にうつつをぬかしている連中やそれを支援する人たちとは話をせんことにしている。今の学生らは自分たちの本分を忘れて、警察と衝突したり、学内を封鎖したり…いったい何を考えているのやら…」

「私、話の分からない学生ばかりだとは思いません。日本の社会のことを真剣に考えている学生もいると信じています。だからそういう学生たちを応援したいんです」

「そう思うのなら、何も私になんか相談せずに、君は君の信じる通りにやればいいんじゃないのかい…」

もう話すことは何もないという表情がありありと、その作家の顔に浮かんだ。以前は、蒼白い顔のインテリ風の人だと、麗華は人伝に聞いていたが、目の前の作家は頭を短く角刈りにし、陽にやけて眼光が鋭かった。

「ごめんなさい…実は、それが分からなくなったんです…」と、麗華は素直に謝った。

その萎れた表情に眼を止めたその作家は困った娘が舞い込んできたものだと、しばらくじっと考えている風だった。

「君は、君のやるべきことをやっていれば、それでいいんじゃないのかな…人間には、それぞれ役割という物がある。己の分というか…」

しばしの沈黙の後、その作家の語調は和らいでいた。

「己の分？」麗華の顔に戸惑いの色が浮かんだ。

「君は歌手なそうだけど…それに何か不満でもあるのかね？」

厳しく妥協しない眼が光った。しかし、それは真摯な問い掛けだった。

「不満というわけではないんですが…でも、私…芸能界が好きになれないんです…」

麗華は一瞬たじろぎ、溜息をついて言った。

「君の気持の中に、芸能界を逃げ出したいという心根がある限り、何処に行っても、浮き草みたいなものになってしまうんじゃないのかな」

「浮き草…？」

何気なく言った作家の言葉が、麗華の意表をつき、彼女は驚いたようにその作家を見詰めた。その瞳は心なしか潤んでいる。

麗華と作家のやりとりを聞きながら、そばにいるマネージャーがさっきから脚が痺れたのか、もじもじして落ち着かない。

「やあ、やあ、まずは楽にしたまえ」

それを察した作家は形相を崩し、二人にくつろぐように勧めた。そしてまた話し始めた。

「人間の悩みなんてものは、みんな同じようなものだよ。様相を変えて現われているだけじゃないのかな…それを思想の違いだの、生き方の違いだのと騒いでいるが、皆、自分の愚かさに気付いていないんだな…安保条約の問題にしても戦前、戦後の歴史のみならず、もっと溯って考えていかなければならんことだろうね。一年や二年で世の中を変えようとしても、所詮むりな話だと私は思う。それにデモや暴力では活路は見い出せない…」

考え込むように言葉を続けた。

「今の社会を変えるんだと意気込んでいる学生たちのその純粋さに引かれ、それを支援した私は間違っていたんでしょうか？」

麗華は思い詰めた表情で聞いた。

「そのことをとやかく言う資格が私にはないが、君の行動が結果として世間を騒がせたとすれば反省しなければなるまいね…しかしそれよりも今までの苦悩が苦悩で終らず、それを乗り越えて芸の道に打ち込むことが、今の君の為すべきことじゃないのかと、私は思うが…」

その慈悲深いまなざしが、今は亡き父のまなざしと重なった。

「ありがとうございます。私、今、何を一番大事にしなければならないか、分かったような気がします」

麗華の胸は霧が晴れたような清々しさを味わっていた。

「戦後二十五年、いろいろ問題はあれ、戦争で亡くなった多くの人たちのお陰で、現在の生活が成り立っていることを忘れちゃいけない。だから、単に思想の違いだけで、同胞があい食むようなことをしていたんではいかんと思う…もっともこんな私も無力ゆえ、あまり偉そうなことは言えんがねぇ…」

そう言い足すその作家の顔にふと淋しげな笑みが零れた。麗華は自分には及びもつかない程、学問も深く頭脳に秀でた鬼才と言われるこの作家にも、憂苦や懊悩があるのだろうか…と首を傾げた。あるとすれば。文学上のことか、あるいはそれにとどまらず、何かせずにはいられない焦燥なのか…今の彼女には知る由もないことだった。

麗華は、帰る道すがら、あの作家の淋しい笑みが忘れられなかった。無事の帰還を喜ぶマネージャーの話し声も上の空に、作家の研ぎ澄まされた眼光に、何が映っているのか……知りたいと思うのだった。

麗華はあの作家との語らいの後、揺らいだ気持が大分落ち着き、歌手としての自分の持ち味に磨きをかけるべく、歌の稽古に余念のない毎日を送っていた。仕事が入れば、嫌な顔一つせず溌剌としてこなし、再び彼女の人気も回復の兆しを見せてきた。

耕朗は麗華が密かにあの作家を訪ねたことを人伝に聞き、さすがに動揺を隠せなかった。しかし、そのことですぐに彼女を問い詰めることはせず、とにかく成り行きを見ることにしていた。何しろ、あの作家を取り巻く集団に不穏な空気があることが問題視されていたからだ。

そんなことは知らぬ気に、時は静かに流れようとしていた。その後、作家とは手紙のやりとり程度で会うことはなかったけれど、麗華にとっては耕朗と共に心の支えだった。

翌、一九七〇年は、三月に『よど号のハイジャック事件』が起きたり、安保条約更新の六月が過ぎても内ゲバや学内紛争は後を断たなかったが、表面上は過激派の活動も沈静化しつつあった。

このまま学生運動も収まり、社会も平穏を取り戻すであろうと誰もが思っていた。ところが、予想だにせぬことが起こった。

秋も深まりをみせる頃、麗華に助言したあの作家とそのメンバー数名が、こともあろうに陸上自衛隊の総監部に押し入り、幕僚長らを人質にして、自衛隊員を前に決起を促す演説をし、それが受け入れられず、その場で自決するという事件が起きた。そのニュースは全国を駆け巡り、世の中の人々を震撼させた。

麗華の軽はずみな行動を諭した本人が何故そのような暴挙に出たのか…引くに引かれぬ立場にでも追い込まれたのか…耕朗も理解に苦しんだ。

理由はともかく、師とも仰ぐその作家の事件の麗華に与えた衝撃は、言語を絶した。数日間は食事も喉を通らず、東京都内のホテルの一室に引き籠もったままだった。昼はカーテンを締め切り、ウィスキーを呷り、夜はカーテンの隙間から月をぼんやり眺めているという有様だった。そんな麗華を見て、マネージャーは心を痛めていた。

耕朗も心配で様子を見に出かけようとしていた。その矢先、追い討ちをかけるように、麗華が信じられない事をしでかした。彼女が自殺未遂をしたというのだ。

マネージャーが麗華が泊まっているホテルに電話をしても彼女が出ないので、不審に思い駆け付けると彼女はすでに意識不明の状態だったという。すぐに救急車を呼び応急処置をしてもらったので幸い命は取り止めたが、まだ意識が朦朧としているという話だった。

折悪しく騒ぎが大きくなったため、ホテルの周りで見張っていたマスコミ関係者に悟られ、報道されるのは時間の問題だった。

耕朗は麗華の安否を気遣いながら、急いで彼女が入院している病院へ向った。その病院は、彼女が泊まっていたホテルからさほど遠くない所にあった。

病室にひとり横たわっている麗華は蒼ざめた顔をしていたが、それでも笑顔で耕朗を迎えた。耕朗は弱っている彼女を驚かさぬように、強いて自分を押さえ、

「やあ、麗華、大丈夫かい。ところで…例の作家の事件がそんなにショックだったの？」

麗華の顔を見るなり、耕朗はわざと、しらばっくれて皮肉を言った。

「まあ、失礼ね。知ってるくせに…意地悪！　それにさっぱり会いに来てくれないんだも

の」

　だだをこねるように布団に顔を半分隠した。

「会いたくたって、それができなかったんだ。何しろホテルの近辺はあちこちにマスコミの連中がいて…俺だけ出入りするわけにはいかなかったんだよ。それよりどうしてこんな事になったんだい？」

　耕朗は改めて聞いた。

「あら私の方こそ、訳が分からないのよ。自殺をしようなんて思ってもいないことだわ。勝手に自殺未遂だって騒いでいるらしいけど…ウイスキーを大分飲んだけど眠れなくって、それで睡眠薬をちょっと多めに飲んだだけなんだけど」

　麗華はちょっと決まり悪そうな口調で話しながら、耕朗をちらっと見た。

「おい、おい、それはあんまり無茶な飲み方だぜ…まあ助かって良かったが、もう君のニュースが大々的に報じられているよ。そのうち週刊誌のネタにもなるだろうさ」

　耕朗は呆れた表情を隠そうともせず、大袈裟に驚いてみせた。

「まあ、じゃあ。あなたも書くのね？」

麗華は心配げに耕朗を見詰めた。

「書くことは書くが、今度は君の名誉が回復するような記事にするよ。たとえ編集長に怒られても…」

麗華の心を労り、耕朗は優しく微笑んだ。

「ありがとう…よろしくね…あしたから私も仕事に復帰するわ…」

そう言うと麗華は眼を閉じ、まもなく深い眠りに落ちて行った。その顔には安堵の色が浮かんでいた。耕朗は麗華の寝顔を見つめながら、手帳に次のように記した。

『人より多くの才能を持つ者は、その才能ゆえに悩みも深く、苦しみも大きいのだろう。が、その悩みに耐えきれず死に至ることも少なくない。それは病葉で終る死と異なり、不死鳥となり得る死ではあれ、選ばれた人間には死をも自ら選択できるのであろうか？　幸い麗華は生き残り、失意のどん底にありながら生きようとしている…玲瓏の月に咲く華のごとくに…』


（了）

（平成十二年　北の文学第四十号　入選）

任侠のスター

一

時折、小雨の降る歩道には枯葉が散らばり行き交う人々の靴に絡みついた。つい、さっきまでは埃といっしょに舞っていた枯葉が、あちこちにへばり付いている。

『あれじゃあ、嫌われるぜ…』

矢吹亮三はすでに葉の形骸を失いあちこちに散らばっている枯葉を眼にしながら薄笑いを浮かべ呟いた。矢吹が東京で化粧品のセールスを始めるようになってから、もう十年もの歳月が過ぎていた。矢吹はセールス用の大きなカバンを持ち、足を引きずるようにして歩いている。

と、その時、矢吹の数歩手前で車が止まり、煙草でも買うつもりなのか、一人の男が車から降り自販機の方へと向かった。ふと立ち止まったその男と一瞬、眼が合った時、矢吹は内心ギクリとした。　昔の仲間のひとり大藤によく似ていたからだ。矢吹は慌てて眼をそらし、俯きかげんに通り過ぎようとしたが、その男は透かさず話しかけてきた。

「矢吹さんじゃないですか…お久しぶりです。大藤ですよ。最初、分らなかったんですが、眼が合ったとき、ピーンときたんです。目付きは変わらんもんですね。それに身のこなしといい、歩き方も変っていない」

大藤は懐かしそうな素振りを見せ、長身の矢吹を見あげるように笑った。

「やあ……」

矢吹はやや緊張した表情で、口ごもりながらやっとそう言った。大藤はあの頃より少し太り、黒っぽい縦縞のスーツに身をかため、今の生活ぶりの良さを見せている。

「あれから、どうしたろうかと、あなたのことを皆で心配していましたよ。あの頃は私も脇役のまた脇役という待遇で辛い毎日でしたが、それでも、なんとか耐えて今は助監督をしてるんです。ああ、そう言えば、あなたが居なくなって、まもなく、水島さん離婚したんですが、知ってましたか？　ちょっと、余計な事を言っちゃって、ごめんなさい…それにしても、ここであなたに会ったのも何かの縁かもしれませんね。矢吹さんも昔に戻ってまた役者やりませんか。気が向いたら、ぜひ連絡ください。待ってますから…」

大藤は名刺を手渡し、ちらりと矢吹の顔を見た。そして煙草を買うのも忘れ「では、また」と、忙し気に去って行った。

あまりの偶然に、大藤が去った後も矢吹は、しばし呆然としていた。しかし、眼を閉じると、矢吹の脳裏に、十年前のあの艶やかな水島霧子の姿が浮んでくるのだった。

つい十年前までは、矢吹も京都の撮影所で任侠映画のスターとして毎日撮影に追われる役者の一人だった。ところが時代劇や任侠物のブームが去ると同時に、実録物や現代物が映画界の主流となり、いつの間にか楽屋裏でも、新手の役者が幅をきかすようになっていた。そんな時代の流れの中で矢吹は追われるように撮影所を後にした。

しかし、十年前に矢吹が京都を去ったのはそれだけが理由ではなかった。任侠映画に翳《かげ》りが見えはじめたころ、相手役のある女優が自殺未遂を企て、週刊誌に取り上げられたことがあった。それがもとで矢吹とその女優との仲が噂になり、ますます仁侠映画の人気を落とすことになった。

その女優が水島霧子だった。矢吹より五歳年下で、霧子には売れない絵をせっせと書いている夫がいた。そんな夫に労りの念を持ちながらも、華やかなスターを演じる矢吹に好意を抱くようになっていた。矢吹も理知的な魅力と豊潤な美しさを合わせ持つ霧子に、ただの相手役という以上のものを感じていた。

仕事の後、遅くまで残り演劇の話をしたり、時にはいっしょに酒を飲みに行くこともあった。もっとも二人の間にはそれ以上のことはなかったのだが、芸能界では、何かが起こると、その事に託《かこ》つけて二人の間にやましいことがあったように憶測するのだった。

二人の思いは心の裡にしまい込み、仕事場ではお互いに俳優同士という役割を演じていた。それ故に矢吹には、なぜ彼女がそんな命にかかわるような事をしでかしたのか理解できなかった。しかし、矢吹にとっては原因の究明よりも、ただ、そのことを自分と彼女の不倫が原因で起こったことと決めつけた週刊誌が許せなかった。

矢吹がその記事を書いた編集社を訪れ、編集長を殴り倒し、そのまま姿を消したのは、それから間もなくのことだった。

矢吹はその足で東京に戻り、学生時代の親友、林田のアパートにひとまず身を隠した。三十歳を過ぎてもまだ独身という林田がいたことは、不運続きの矢吹にとっては、せめてもの救いと言えた。化粧品会社に勤めている林田に世話をしてもらい、始めた仕事が化粧品のセールスだった。

髪形を変えてメガネをかけ、地味なブレザーによれよれのズボンを履いたセールスマンが、つい何日か前まで東部映画の俳優の矢吹とは誰も気づかなかった。

その暴力事件の後、不思議なことに週刊誌の方は口を噤んだが、矢吹自身、傷を負った獣のように二度と表舞台に出ようとはしなかった。

雨に濡れ、この過ぎし十年間を思い出しながら歩く矢吹の足取りは重かった。夕暮れが近づいたせいか、街行く人々は家路を急ぎ、足早に矢吹を追い越して行く。

暴力沙汰を起こし、京都から東京に逃げ戻ったとはいうものの、その時の後味の悪さがいつまでも心に残り、矢吹を苦しめていた。あの事は表面上はそれ程の騒ぎにはならなかったが、後に複雑な波紋を残し、その水面下に不気味な澱みとなって沈殿しているように思われてならなかった。そのため、平穏な毎日すら嵐の来る前触れかと恐れ、いつも身を堅くして生活してきた。

そんな日々を思い、矢吹は生きる事の空しさを感じていた。心の奥を吹く風が通り過ぎるの待って、矢吹はしばらくその場に立ち尽くしていたが、酒でも呑んで冷えきった心を暖めようと、灯を点したばかりの居酒屋の暖簾をくぐった。

中はだだ広く天井は煤けていた。田舎の酒場を思わせるような質素な作りである。まだ時間が早いせいか他の客は見えない。アルバイトらしい女の子がやって来て注文を聞いた。

大分待たせてやっと運ばれてきた熱燗を無造作にぐい飲みに注ぎ、静かに口に含んでみた。銚子の熱さの割には酒はぬるく、甘ったるい感触が口の中に広がった。

『こんなぬる燗じゃぁ、しようがねぇな…』

矢吹は、お通しの塩辛を口に運び、溜息交じりに近くにある週刊誌を手にした。無意識にそのページをめくると、ある俳優と女の人気タレントとの不倫の記事がデカデカと載っている。『この話題で、しばらくは人気が保てる』とそのうちの一人のコメントまで掲げている。嘆かわしいことだ、と矢吹は腹立たしげに呟いた。

十年前の矢吹は、あの不倫と決め付けた報道に対して、身の潔白を証明することもせず、編集社に単身で殴り込みをかけ、責任をすべて自分に覆いかぶせる形で彼女を守った気でいた。そう…ちょうど任侠映画の役者のように…しかし、思えば霧子に別れを告げぬまま、京都を後にした自分はなんと恥っさらしな男だったのだろう。おまけに彼女の離婚のことも知らずにこの十年を過ごしてきた。

気持ちの置き所のない思いに駆られ、矢吹の眼には涙が滲んでいた。矢吹はぐい飲みに手酌で酒を注いで呷るように呑んだ。いつの間にか眼の前には二合徳利が四、五本転がっている。

『確かに俺にももう少しふてぶてしさがあったなら、負け犬のように悔いを残して去らずとも良かったのかもしれない。ただ、あの時は仕方なかった…俺は華やかなスターどころか沈みかけた夕陽のようなものだったのだから、静かに消えていくしかなかったのだ…』

十年もの歳月、押さえてきた物が大藤との突然の再会とその週刊誌のお陰で、一度に破裂したのか、酒の量がさらに増えるに従い、矢吹は独言を言いながら、その場に俯して眠ってしまった。

矢吹は、泥酔のまま自分がまた映画にカムバックした夢を見て眠っていた。

…時代はかなり昔にさかのぼる映画のようだが、夢の中で矢吹は旅を行く渡世人の役らしく着流しを着て歩いている。手には晒《さらし》を巻いた日本刀らしき物を持っている。

矢吹は旅先で、ヤクザ風の男たちに絡まれ困っているところを助けたことが縁で、霧子にそっくりのお由という女と知り合い、その事でヤクザ同士の抗争に巻き込まれていた。

矢吹が最初にお由に会ったのは、ある一家から貰った紹介状を手に新興勢力のヤクザの一つ、浜松の荒政組にわらじを脱ぐため、旅を急いでいる時だった。

荒政組の縄張りにさしかかった辺りで、矢吹は、ヤクザ風の男二人が、むりやり若い女をどこかに連れて行こうというのか、手を引いたり、抱きかかえようとしている情景に遭遇する。

そこで見るに見かねた矢吹が、『どうかしたのか』と、声をかけるが、それが事の始まりだった。すると、そのすきに女は矢吹の後に回り、背中にしがみつき『どうか、助けてください』と懇願した。そうなれば矢吹も助けないわけにはいかなかった。

男たちは獲物を横取りされた獣のように怒り、矢吹に向かって行ったが、彼等にとって矢吹は歯の立つ相手ではなかった。

男たちが去った後、女は矢吹に心からの礼を言う。その時、矢吹は改めて女の顔を見て驚く。というのは、どことなく昔の恋人の霧子によく似ていたからだ。そのことを話すと、その女は自分はお由という名でこの土地の者だと笑った。

これから世話になろうという荒政組に敵対する水沼組の一人娘とも知らず、矢吹はお由を救った。ところが荒政組にわらじを脱ぎ、一宿一飯の恩に預かった矢吹に、とんでもない難題が待ち構えていた。近々ある寄合の帰りを待ち伏せして、水沼組の親分を殺《や》ってもらいたいということだった。

一宿一飯の渡世の義理で矢吹は、待ち伏せの場所に行き、子分ひとりを従えて家路を急ぐ水沼組の親分にドスを向けるが、そこで、帰りを心配して駆け付けたお由と再び出会うことになる。矢吹は水沼組の親分とお由が親子と知って唖然とする。そして、父をかばうお由の前で矢吹はやむなくドスを引く。

矢吹がドスを引いたのは、お由への思いもあったが、矢吹自身、罪のない一家に圧力をかけ、破滅に追いやろうとする荒政組のやり方に不審を抱いていたからだ。しかし、渡世の掟があるかぎり、そのままで済むことではなかった。

矢吹が水沼組の親分を殺《や》りそこなったことを知った荒政組の組長の激怒は、一通りではなかった。矢吹を亡き者にしようと、早速、組の何人かを刺客に差し向けた。そして、一方でそのどさくさに紛れて水沼組の親分を闇討ちにした。

その訃報を知った矢吹は、責任の一端は自分にあることを強く感じ、嘆き悲しむお由に仇はきっと討ってやると言って慰め、水沼組の親分の遺影に合掌した後、矢吹は命を捨てる覚悟で、日本刀を手にし、懐にはドスを忍ばせ、単身で荒政組に殴り込みをかける。そして瀕死の重傷を負いながらも見事、荒政組の組長を討ち取ることになる…。

映画はそこで終るが、矢吹は深手の傷を負ったために、しばらくその場に倒れ動けずにいた。そして、時々苦しそうな声を発しながら、動かぬ体を無理に動かそうとしていた。

居酒屋の中では、数人の客が静かに酒を呑んでいる。矢吹は…？　と見ると、まだテーブルに俯して眠っている…遠くの方から『矢吹さーん、しっかりして！　早く私の所に戻って来てよ』と、自分を呼ぶ霧子に似た女の声を耳にして、矢吹は眼が覚めた。しかし、それが少し離れた所でアルバイトらしい女の子と、もう一人の女従業員が矢吹の事を話している声だと、気づくまでにそれほど時間はかからなかった。

「あのお客さん、寝込んだ上に寝言まで言ってるけど、大丈夫かしら…」

「大分、興奮しているみたいね…」

ヒソヒソ声だが、話の内容はそういうことだった。時計を見ると九時が過ぎている。

『今のは夢だったのか？　映画の夢を見るなんて、俺もどうかしているなあ…なんで、あんな夢を見たんだろう？』

矢吹は眉をひそめて立ち上がった。そして鞄を持って、ぶつぶつ言いながらレジの所まで行き、勘定を支払った。そんな矢吹を女従業員は不思議そうな顔をして見ている。外に出ると、雨は晴れていた。が、雨雲のせいかネオンサインには精彩がなく、建物の陰影もぼやけて見えた。行き交う車だけが忙しげにヘッドライトをぶつけ合っている。

眩しそうに眼をそらした矢吹は、居酒屋に入る前に大藤と偶然再会したことを思い出し、もらった名刺をポケットから取り出して見た。それをながめながら、矢吹はしばらく当惑していたが、この機会にもう一度、役者をやってみようという気が起こってきた。それに霧子とのことも、もう一度、会ってスッキリしたものにしたいと思った。

気がつくと、どこをどう歩いたのか、矢吹はネオンサインのとぎれた小さな橋の袂に立っていた。川は音もなく流れ、夜の闇が吸い込まれるように消えて行くのが見えた。

二

世話になった友人の林田だけには、しばらく東京を留守にすることを伝え、矢吹は十年ぶりに京都の撮影所にやって来た。撮影所は相変わらず、多くの観光客で賑わっている。

東京を立つ前に髭を剃り、髪をショートカットにした矢吹は、あの頃の精悍な顔付きを取り戻していた。矢吹は、しばらく、通りに立って人の出入りする様を感慨深げに眺めていた。髪に混じった白い物や、下腹の贅肉はどうしようもなかったが、物腰と言い、風貌は昔のままだった。

矢吹は人目を避けるようにサングラスをしたままで本館の方へ回り中に入って行った。本館は東部映画撮影所の中枢機関でもあり、映画の関係者やスタッフたちが忙しげに動き回っている。

長い廊下を挟んだ多くの部屋にはそれぞれの監督の名札がかかっていて、矢吹も自然に顔が強張った。その他、映画の製作に欠かせない照明部、録音部、撮影部といった技術部門の部屋も十年前となんら変わりはなかった。

テレビ時代の到来により、映画の斜陽化と言われた時期もあったが、それを乗り切り、逆にそのテレビやビデオを利用して、再び息を吹き返そうとする強かさを矢吹も感ぜずにはいられなかった。事実、矢吹のいた十年前までは、安保騒動の影響もあり、仁侠映画が全盛という時代だった。

矢吹は見慣れない監督の名札が多いことに驚きながらも、ゆっくりと、打合せ室を兼ねた応接間へと足を踏み入れた。前もって電話で知らせてあったので、応接間の中には大藤をはじめとして、すでに昔の仲間の何人かが顔を揃えていた。しかし、霧子の姿はなかった。

「よく来てくれましたね。待ってましたよ」

大藤は矢吹を笑顔で迎えた。周りの連中も懐かしそうな顔をしながら、熱い視線を送っている。

「ご無沙汰してました。その節はどうも…」

矢吹は静かに頭を下げたが、その短い言葉にはしみじみとした思いが籠っていた。

「あの時は心配したぜ。急に居なくなったりするから…」

その中の一人が言った。見ると無精髭を生やし、髪を無造作にかきあげた中年の男は紛れもなく同期の塚嶺だった。

「やあ…本当に何と言っていいか…」

矢吹は、照れくさそうに頭を掻いた。その仕草がおかしかったのか、皆がドッと笑った。

「でも元気で何よりでした。とにかく、また、よろしくお願いします」

すぐそばにいた役者では後輩の橋場が満面に笑みを浮かべ、手を差し伸べている。それに気づいた矢吹も、よろしくと言いながら、がっちりと橋場の手を取った。昔の仲間の暖かい心に触れ、東京での辛い十年間を思い出したのか、矢吹の眼に涙が光っている。

皆が笑っている最中も時々、堅い表情を見せる大藤が気にはなったが、矢吹は意に添わない東京の生活にひとまず終止符を打ち、京都にやって来て良かったとしみじみ思った。

頃合を見て、大藤が甲高い口調で話を切り出した。

「では早速ですが、ここら辺で、ちょっとお耳を拝借したいと思います。皆さんに、こうやって集まっていただいたのは、実は本社の方から、リバイバルブームに乗せた昔の任侠映画のようなものを復活させたいという方針が打ち出されたからです。最初は新しいスタッフで…とも考えたのですが、折も折、ちょうどタイミングよく、矢吹さんが役者に戻ってくれるということなので、皆さんにもお願いすることになったのです。もちろん新人も何人か入れますが、どうでしょうか、やってくれますか？」

大藤は話しながら、時々、不安気に矢吹の顔を見たり、言葉の節々が緊張で震えている。矢吹は大藤の真面目くさった様子を見て、映画界も生き残りを賭けて、競争が激化していることを肌で感じた。

失敗は会社に損失を与えるだけでなく、自分の身の破滅にもなるからだ。矢吹自身、今回の企画を成功させなければ、今度こそ本当に廃業せざるを得なくなるだろう。

「矢吹さんが、やってくれると言うのなら、俺も相変わらず三文役者だが、やらせてもらうよ…みんなもいいだろう?」

沈黙を破って、年長のいつも老け役の源さんが元気よく口を出した。乗り気になった源さんに釣られるように他の皆も、

「一丁、やってみるか」

「よし、やろうぜ」とお互いの肩を叩き合っている。その様子に、矢吹は無言のまま微笑んでいた。しかし、その表情にはどこか、一抹の淋しさがあった。それを察するように大藤が再び話しを続けた。

「えー、ところで本日はまだ全員がそろったというわけではありません。特に水島さんを初めとした女優の皆さんには今、説得中です。家庭に入っている女優さんの中には、歳が気になるとか、皺が増えて恥ずかしいとか言って、女心はいろいろ複雑なようですが、交渉次第では、なんとかなると考えています。昔の良さを取り入れながら、現代にもマッチした任侠映画にしたいと思っていますのでよろしくお願いします」

大藤の額に少し汗がにじんでいる。晩秋とはいえ、陽射しの入り込んでいる室内は暖か

かった。事務的な話が終わると、一時、たわいのない雑談に花が咲いた。しばらくして、

「それじゃあ、よろしく頼むよ」

一口お茶をすすり、ニコニコ笑いながら源さんが席を立った。

「僕も、まだ仕事がありますので…」

ピョコンとおじぎをして、橋場も源さんの後を追った。

「あとで、ゆっくり昔の話でもしたいね…」

「では、また…」

と、他の連中もガヤガヤ冗談を言いながら出て行った。私的なことにはこだわらない昔の仲間たちの気持ちが、今の矢吹には嬉しかった。

「今度の映画は、大藤の監督としての初仕事らしいぜ」

冷やかし半分に、まだ応接間に残っていた塚峰が言った。

「監督と言っても名前だけですよ。ほとんどは主役の矢吹さんのやり方でやってもらうつもりです」

大藤はあわてて手を振り、言葉を遮った。矢吹はそれを聞いて内心驚いたが、大藤が

さっき何故あれほど緊張していたのか、納得がいった。相変わらず頑固に売れない役を演じている者がいると思えば、十年も留守をしている間に、芸能界をうまく泳ぎ、脇役だった人間が今度は自分たちの監督をするという。

人それぞれの生き様とはいえ、廃業同然の人生を生きてきた矢吹の心は複雑だった。しかし、幸いにも今の矢吹には、長い日陰暮らしの中で、知らず知らずのうちに身に付いた自分のひがみ根性に気づく余裕があった。

「やあ、それはおめでとう。監督はあくまでも監督だ…。自分の思い通りにやるのが一番だよ」

矢吹は声を励まし、むりに笑って言った。そばで、塚峰が真面目くさって頷いている。

「さて、俺もそろそろ仕事に取り掛かるか。最近の若いやつらは手がかかってしようがないよ。この間も女優さんの前バリを間違って口に張った奴がいて大変だったよ。今頃、何をやっているやら…ハッハッハ」

塚峰は沈滞した雰囲気を豪快に笑い飛ばし、大股で出て行った。

「気を悪くしないでくださいよ…矢吹さん」

大藤は恐る恐る窺う目付きで矢吹を見た。何事もなかったような矢吹の表情に安心したのか、大藤は早速、きょうの宿泊場所を記した紙を手渡した。

「やあ、済まんね。宿の手配までしてくれたのかい…」

「何日かすれば、矢吹さんのマンションも見つかるはずです。それまで辛抱してください」

大藤の痒い所まで行き届いた気遣いに戸惑いながら、矢吹は暗い山の中から急に明るい世界に戻った登山者のように、まだ宙を踏んでいる自分がおかしかった。

三

撮影所を出た矢吹は、大藤が予約してくれた駅前のホテルへと向かった。白亜の殿堂のようにそびえるそのホテルには三百を越える客室があり、矢吹一人が紛れ込んでも誰も気づかないだろうと思われる程、人の出入りも多かった。

矢吹は非日常的な一日を過ごし、ひどく疲れていたが、熱めの湯船に浸かり一息付くと、いつもの平静さに戻っていた。昔の仲間たちとの再会に勇気づけられたとはいえ、霧子の姿がなかったことが唯一、気がかりだった。

しかし、そう思う一方で『会って今さら、何を話そうというのか…？』と、心の片隅に否定的な感慨も浮かんでくるのだった。

風呂から上がった矢吹は、一服しようと煙草に火をつけた。吐いた紫煙が無風の部屋の中で、行き所もなくゆらゆらと立ち込めている。その煙をぼんやり眺めていると、突然、電話のベルが鳴った。受話器を耳にあてると、それはフロントからだった。

「水島さんという女の方が今、フロントにお見えですが、お会いなさいますか？」

矢吹の顔からは血の気が引き、胸の鼓動が耳まで達した。この瞬間をずっと、待ち望んでいたはずなのに…いざ現実のものとなると何故か、弱気になっている自分が歯痒かった。

「………」

「どうなさいますか？」

再び、フロントから声がした。今さら迷っている場合ではないと思った。

「すぐ下に行くから、待っているように伝えてくれ」

そう言うと、矢吹は急いで身じたくをした。そして、大きく一つ深呼吸をして部屋を出て行った。

広々とした一階のロビーには一角に喫茶室があり、もう一方にはソファーを並べたコーナーがあった。思い思いに腰をかけ、新聞や雑誌を手にしながら、談笑する客の姿があちこちに見うけられる。そんな中で窓辺の長椅子に腰を掛け、霧子は外を眺めていた。

矢吹の姿に気づくと霧子はニコリと笑い、立ち上がった。夕陽はすでに沈みかけていたが、その残光がシャンデリアに反射して、霧子の豊かな胸元を照らし出している。薄いピンクのワンピースを身にまとい、静かに佇むその容姿には三十代半ばとは思えぬ瑞々しさが漂っていた。そばに近づくにつれて、花が咲いたような霧子の美しい姿が矢吹には眩しかった。

「やあ、しばらくだったね…」

矢吹は自然を装ったつもりだったが、声が喉に詰まった。

「大藤さんにあなたが、このホテルにいると聞いて来ました」

霧子は懐かしげに矢吹をじっと見詰め微笑んだ。矢吹はホテルのボーイにコーヒーを注文し、彼女の真近に座った。

「お元気そうね。きっと戻ってきてくださると信じていました…でも十年は長すぎるわ…」

溜息まじりに話す霧子の瞳の奥が気のせいか潤んでいる。

「心の中では、いつも詫びていたんだ」

「それは分かっているわ。でもあなたって、ひどい人ね。黙って居なくなるんだもの」

上目遣いに霧子はにらんだ。長い髪が微かに揺れて肩に掛かり、ほのかな香りが矢吹を包んだ。変わらない匂いだと思った。

「あの時は、仕方がなかったんだ。男の意地って言うのか…ああするより他、考えが浮ばなかった…」

矢吹は遠くに眼をやり、噛み締めるように言った。

「後悔してなければ、それでいいのよ…ところで矢吹さん、あれから、ずっと東京にいたの？」

「えっ…どうして俺が東京に居たことを知っているんだい？」

矢吹の眼が一瞬きらりと光った。

「風の便りに矢吹さんのことは聞いていたわ。学生時代すごした東京で、何か仕事をしているらしいということを…傷を負った獣は、その傷を癒すために自分の生れ故郷か古巣に戻ると言うけど…本当ね」

霧子は眼を伏せたまま呟いた。

「……………」

「東京で、矢吹さんがセールスのような仕事をしている所を見た、っていう人がいたのよ。それを聞いた時、私はすぐにでもあなたに会いに行こうとしたんだけど、できなかったの。あなたには、あなたの考えがあってしている事だろうと思ったから…でも辛かったわ…」

「それは俺も同じさ…しかし、そう、おめおめと京都に戻るわけにはいかなかったんだ」

「矢吹さんらしいわね。あなたにすれば、格好よく姿を消したつもりだったのよね。映画界からも…私からも…」

霧子は顔を斜めに傾け、矢吹を覗き込んだ。

「そんなつもりではなかったんだが、あの時はただ夢中だった」

「私、うじうじした女々しい男は嫌いだけど、女にすれば、時にはその方がいい事もあるのよ。あなたは何も悪くないのにどうして逃げたりしたの？」

霧子は矢吹を責めるような眼で見た。

「逃げたわけじゃないよ。ほとぼりが冷めるまで様子を見るつもりだったんだ。しかし、何故あの事件が表沙汰にならなかったのか、今でも不思議だよ。それが、かえって不気味だったんだが…」

矢吹は首を傾げるような仕草をしたが、矢吹の言葉に霧子は怪訝な顔をした。

「君、あの時のこと、何か知ってるの？」

霧子の顔色の変化に気づいた矢吹は透かさず言った。霧子は戸惑いの表情を見せながら、も、しばらくすると思い出すように話し始めた。

「…実は、あのあと、すぐに編集社から私の方に電話があって、あなたが編集長を殴っていなくなったが、どこに行ったか分からないかと、言ってきたのよ…編集長はあなたに殴られ倒れた時、額に怪我まで負ったという話だったわ…私はそれを聞いたとき、気が動転して返答に困ったけど、後で責任をもって知らせるから少しの間だけ待ってくれるように頼んだの。すると編集社の方も多少、後めたさがあるからか割合おとなしく了解してくれたわ…」

霧子の話によると、それから、すぐに監督の牧本の所へ行って訳を話し、仲裁に入ってくれるように頼んだということだった。自分の自殺未遂も夫の浮気が原因で起こった事で、矢吹とは何も関係ないことや、それを編集社が週刊誌に勝手に作り話を載せ、それで矢吹が怒って編集長を殴っていなくなったことなど、その経緯をすべて話したという。

「私の話を聞いた監督はうちの社長とも相談して、すぐにその編集社に出向いてくれたの。監督が乗り出してきたというので、さすがの編集社の人たちも驚いたらしいわ。編集長の怪我も大したことはなかったみたいで、かえって記事の方の誤りを糾された編集社は逆に訴えられると困るからか、あなたのことを表沙汰にしなかったみたいよ…でも、きっと私のせいで、矢吹さん戻って来られなかったのね。私が悪いんだわ」

伏し目がちに霧子は矢吹の顔をそっと見た。

「そんなことはないよ。悪いのは俺の方さ。しかし、君や監督にそんなに迷惑をかけていたなんて、ぜんぜん知らなかったよ……本当に、済まなかったね…」

矢吹はその話を聞き、しばし黙然としていた。そして、あの事件が、霧子と監督の牧本の周旋のお陰で収まったことも知らずにいた自分の浅はかさを責めていた。

「私のとんでもない出しゃばりが、かえってあなたを苦しめていたみたいね…許してくれる？」

そう問いかけるように微笑む霧子の眼から、一筋の涙が零れ落ちた。昔と少しも変らぬ彼女の優しい心根を知り、矢吹の胸にも熱いものが込み上げてくるのだった。

冷えかけたコーヒーを口にした時、矢吹は、遠くに自分たちをじっと探るように見ている視線を感じた。そっと、顔を上げると慌てて立ち去る初老の男の後姿が眼についた。白髪になってはいるが、矢吹にはその男があの編集長のように思われてならなかった。その時、ふと、その後をついて行く若者と眼が合った。その若者は気のせいかニヤリと笑ったようだったが、矢吹にはそれが何者か皆目、見当がつかなかった。しかし、これから、またやり直そうという時だけに矢吹には、いやな予感がするのだった。

霧子は何も知らぬ気にぼんやり窓辺を見詰め、考え事でもしているようである。いつの間にか、夕陽は空に赤黒い雲を残してすでに姿を没していた。

「それじゃあ、今度は撮影所で会うことになりそうね…矢吹さん、よろしくね」

夕暮れに気づいた霧子は矢吹の肩に手を置き、立ち上がった。

「俺の方こそ、よろしく頼むよ」

矢吹もそう言って、霧子の手を取り、ホテルの出入り口まで送った。

外はもう薄暗くなり、そよ風が二人の頬を撫でた。腕をからめる霧子の体の温もりが心なしか矢吹に伝わってきた。そのとき何かにつまずいたのか霧子の体がバランスを失った。

「あっ…」霧子は、思わず小さな悲鳴を揚げ倒れそうになったが、矢吹はすばやく彼女を支えるように抱き締めていた。思えば十年の歳月を経て、はじめて味わう感触だった。

矢吹は、霧子の柔らかな胸の弾みを感じながら、「大丈夫？」と囁いた。

矢吹の優しい問いかけに霧子はにこりと笑い頷いた。しかし、その笑顔の中になぜか淋しげな翳が走るのを矢吹は見逃さなかった。

「どうかしたのかい？」

矢吹は訝《いぶか》しげな顔をして尋ねた。

「なんでもないの。でも…もう私はあなたに愛される価値のない女かもしれないわ…」

もう一度、強く抱き締めようとする矢吹の手を静かにほどき小さく呟いた。矢吹は今の言葉が何を意味するのか理解できず、黙って彼女の顔を見ていた。

「気にしないでね。女って気まぐれなのよ。それより、矢吹さん、しばらくぶりの映画の仕事…へましないでね」

霧子は、さっきのことは忘れたように無邪気に笑った。

「それはそうだな。十年もやってないから…映画の撮影が終ったら、今度はゆっくり呑みたいな…きょうは、本当にありがとう」

気を取り直し、矢吹は笑顔で霧子の手を握り、礼を言った。

「そうしたいわね」と、微笑む霧子をタクシー乗り場まで案内し、彼女を乗せたタクシーが走り去るのを見送った。

そして一人になると、矢吹はゆっくりとした足取りで部屋に戻って行ったが、彼女がさっき呟いた言葉がいつまでも忘れられなかった。

四

撮影が始まって数日後、矢吹は撮影の合間に昔、世話になった牧本監督の部屋を訪ねた。部屋に入ると、つーんと黴の臭いが鼻をついた。矢吹には懐かしい臭いだった。矢吹の姿を見ると、ソファーにどっかりと座っていた牧本が驚いて立ち上がった。

「よう、亮ちゃんじゃあないか。久しぶりだなあ。しかし、よく帰ってきたな。君のことだから、もう帰ってこんかと思っていたよ。ハッハッハ」

でっぷりと太った体を揺すり、そばに来て矢吹の肩を叩いた。

「今までいろいろ、ご心配をお掛けし、申しわけありませんでした。また役者に戻ることになりましたので、よろしくお願いします」

「やあ、そうかい。そんな堅苦しい挨拶は後にして、まあ座りたまえ…ところで、あれから何年になるかな?」

「もう、十年になります」

「ほう、そんなになるかね…あの時は、わしも驚いたよ。霧ちゃんが、君のことで相談があると言って、血相を変えて、この部屋に飛び込んで来たあの日のことを今も忘れんよ」

昔を回顧するように牧本は眼を細めた。

「その事で監督にも随分とご迷惑をおかけしたと聞きましたが、何とお礼を言ったらいいか…本当にありがとうございました」

「いやいや、それはわしの力じゃない。霧ちゃんが君のために恥を忍んで、すべて話してくれたから解決したようなものだよ…しかしせっかく編集社との掛け合いがうまくいったというのに、君は帰ってこんし、彼女は離婚するし…あの時は本当に困ったよ。男女の問題はさっぱり訳がわからん」

牧本は腕を組み、溜息をつきながら顔を横に振った。

「そのことで、ちょっと監督にお聞きしたいんですが、かまいませんか」

「はて、何かね?」

「霧子さんの離婚のことは最近になって知ったんですが、もしかして私にも責任があったのではないかと思いまして…」

薄暗い部屋に逆光線が斜めに翳を落とし、気のせいか矢吹の顔が沈んで見える。

「まったくない…とは言えまいが、直接の原因ではなさそうだよ。本人には聞かなかったのかい？」

「彼女は自分が悪いんだとしか言いません」

「女っていうものはそういうものだ。彼女の口から聞くのは酷というものだろう」

　牧本は大きく眼を見開き、矢吹の思い詰めた顔を見た。

「若気の至りとはいえ、編集社に乗り込んだこと、今は後悔してるんです」

「おいおい、そんな弱気を言っちゃあいかんよ。彼女を思う君の気持ちがそうさせたのだろうから…彼女だって、それくらいのことは分かっているはずだ」

「………」

「どうやら曖昧な話では君の疑いも晴れそうにないな。あれから、もう十年も経っている。再起をかけてやろうという君に本当のことを言っても、彼女なら怒らんだろう」

　火を点けたばかりの煙草をくゆらせながら、牧本は話し始めた。

「彼女の自殺未遂が、元はと言えば、彼女の夫の浮気が原因だということを君も聞いてはいるだろうが…問題は、彼女の夫の浮気がなぜ分かったかなんだよ…。実は、それは彼女が夫に病気をうつされて、分かったことらしい。そのことは君が事件でも起こさなければ彼女もあえて言わなかったろうが…君を助けたい一心で彼女はそんな事まで話してくれたんだ」

紫煙の向こう側の牧本はそこまで言って、矢吹の様子を窺った。矢吹は驚いた表情を見せたが、黙って次の言葉を待っていた。

「体の異常に気づいて、やむなく病院に行ったというが、病名を知り恥ずかしさのあまり自殺までしようとした彼女の無念を思えば、それを逆撫でするような根も葉もない不倫報道は許されることではない…病院の診断書を見せるまでもなく、わしの話を聞いた編集社の方も形勢が不利になったことを察したようで、編集長を始めとして立ち会った連中の顔色が変わるのが分かったよ。取り敢えずそれで君の事件はおさまったのだが…いずれ彼女の離婚は、時間の問題だったろうよ。君の起こした事件でそれが少し早まったということはあったかもしれんが…それはわしにも分からん」

そう言って牧本は手にした煙草を深く吸い込んだ。灰がぽたりと床に落ちた。

「そんなことも知らず、自分は彼女に何と言って詫びたらいいか……」

しばらく沈黙が続いた後で、矢吹がぽつりと言った。

「いやいや、今のことは君の胸にしまっておいてくれ。そんな彼女のためにもいい映画をつくることが何よりだよ」

牧本は、矢吹を励ますように片目を瞑りニヤリと笑った。京都に来てから、ずっと持ち続けていた疑念が少しづつ解けてはきたものの、霧子がホテルで別れ際、見せたあの淋しそうな表情など、矢吹の心の片隅にはまだ割り切れないものがくすぶっていた。しかし、矢吹は監督の言うように、過去の辛い思い出や人間関係のわだかまりは心の奥にしまい、今度の映画に賭けることが一番だと素直に思ったった
矢吹は牧本に心からのお礼を言ってその部屋を辞した。戸を閉めてふと見ると、長い廊下の向こう側で、大藤が一人の男と立ち話をしている。その相手の男はちらりと矢吹の方を見て、ぷいっと居なくなってしまった。大藤は矢吹には気づかずに建物の陰に消えたが、矢吹は大藤と話をしていた男があの編集長だったような気がした。しかし、なぜ彼が大藤と会っていたのかは不可解だった。

あの二人は知り合いだったのかなと、首を傾げながら、矢吹は再び撮影現場へと足を向

けた。その時だった…矢吹が背後から棒のような物で後頭部をガツーンと殴られたような衝撃を感じたのは…何事が起きたのか考える間もなく、矢吹は「うーん」と唸り声を上げ、そのままその場に倒れ込んでしまった。

五

矢吹の怪我は幸い、さほどひどくはなく運び込まれた病院でまもなく意識を取り戻した。そして、二、三日養生したあと、すぐに撮影は再開された。矢吹を襲った犯人が誰か分からないまま、それから約一か月後に、矢吹主演の任侠映画が完成した。

大藤が監督とは言え、矢吹の考えも取り入れたためか、その映画は、矢吹が東京の居酒屋で見た夢によく似たストーリーの映画だった。

矢吹が見た夢とはつゆ知らぬ大藤は『弱い者いじめをした悪役が最後には懲らしめられる』という構図を持つこの映画が、現代にも通用するだろうと期待していた。それに、撮影中に矢吹が暴漢に襲われ、入院した記事が新聞や雑誌に大きく取り上げられたこともあり、映画への反響もまずまずのようだと考えていた。

しかし、封切り後の観客の入りは、まばらで昔のような大入り満員とは程遠いものだった。任侠映画を懐かしむ中年の客が中心で若者には今一つ人気がなかった。往年のスターであった矢吹もすでに売れない役者になってしまったとさすがに肩を落とした。

ところが、何日もしないうちに、駅前のホテルで霧子と会っていた記事が写真入りで例の週刊誌に大きく載り、それを境に映画館への客の入りが違ってきた。あの時の男はやはり編集長だったのかと合点がいったが、『悲恋コンビ復活か！』という大きな見出しに矢吹の心中は複雑だった。

週刊誌沙汰になってからはテレビ局などの取材があとをたたず、霧子にもゆっくり会えぬ日が続いた。悲恋コンビ復活の記事も矢吹には、あらかじめ今度の映画がヒットしない場合を懸念して、すでに仕組まれた仕業のような気がしてならなかった。ホテルでいかにも霧子と逢引をしたかのような記事に怒りを覚えつつも、今の矢吹には為す術がなかった。

そんな中、恐縮の体で矢吹のマンションを訪れた親子がいた。マンションと言っても、撮影所から歩いて五分程の所にある五階建てのこぢんまりとした建物で、寝室と応接とキチンだけという間取りであった。

その親子とは例の編集長と彼の息子だった。聞くと、一か月ほど前、矢吹を背後から襲い怪我をさせたのは自分の息子だという。見ると、髪を茶色に染めて眉を細く剃り、いかにも暴走族風にしているが、確かにあの時ホテルで眼にした若者に間違いなかった。

十年前、編集長が矢吹に殴られたことをどこかで聞いて、この若者はそれを恨みに思っていたらしい。歴史は繰り返すというが、世相が変わっても地に落ちた種がいつか芽を吹くように、十年前まだ小学生だったこの若者の心の裡に大人社会への不信感が消えることなく燻っていたのであろう。しかし、たまたま見た任侠映画で、ひたむきに演じる矢吹の姿に心を動かされ、後悔の念が沸き起こったという。そう話す若者の眼には涙が溢れていた。見ると編集長も人の親だった。本当に申し訳ない事をしましたと、白髪に手をやりながら詫びた。そして、暴走族に入ったり喧嘩沙汰を起こしたり本当に手に負えない子だったんですが、最近は良くなってきたんです…それも矢吹さんのお陰ですと、息子といっしょに深々と頭を下げた。

矢吹は、二人の様子に戸惑いながらも、この若者の純な気持ちに嘘はないと思った。

「この間の事はもう気にしなくていいんだよ…それより悪いのは俺の方だったのかもしれない…」

と、矢吹は潔く謝った。そして、任侠映画もまだまだ廃れてはいないなあと思いつつ、満面に笑みを浮かべた。

実は、もう一つお詫びしたいことがあると、編集長は話し始めた。話によると、週刊誌の記事についてはすべて大藤に頼まれてやったことだが、今後は大藤とは手を切るつもりなので、なんとか許してほしいということだった。そして、芸能界の記事を欲しがる編集社の方にも責任があるので、大藤だけを責めないでくれと言いながら、今回の映画が期待した程のブームを起こさなかったことで、大藤が監督から降ろされることが決ったらしいと付け加えた。それから、ここだけの話だが、もともと今回の映画の企画が打ち出された時、あなたをカムバックさせるように大藤に頼んだのは霧子だという。あなたを埋もれさせたのは自分が悪いのだから…と言って頼んだようだが、相手が大藤ということになれば無償ということは考えられない。しかし、これはあくまでも私の推測だから、気にしないでほしい。あなたへの恩返しのつもりで話しただけですから…そう言いながら、編集長は、その息子ともう一度頭を下げ、矢吹のマンションを後にした。

矢吹は今の話に内心ショックを受けながら、ホテルでの別れ際に見せた霧子の淋しげな顔を思い出していた。それが本当なら、もしかしたら霧子と大藤は取り返しのつかない関係になっているのかもしれないと思った。

そんなことを考えながら、矢吹はソファーに背をもたれ、腕を組んで眼を閉じた。

『日本映画の発祥地であるこの京都には巨大な魔物が棲みついている…おそらくは多くの映画人が取り憑かれた映画という魔物も、それが只の幻にすぎぬものでも、何時かは終焉を迎えねばならぬ人間のほんの一時《いっとき》観る宿命にも似た夢なのだろう…

思えば、自分が演じてきたものは映画ばかりではなかった。誰が仕組んだわけでもなく、結局は自分が今まで一人芝居を演じてきたのだ。世の中は止《とど》まることのない生き物だ。自分の都合で動いているのではない。自分の生き方は、自分で見つけるしかないのだ…役者に戻ったからと言って、セールスマンの時とどれだけ差があるかは分からないが、こうなった以上、もう逆もどりはできない。役者として生きていくしかないのだ…霧子とのことも今さらどうこうしようなど、虫が良すぎたようだ…一度、捨てた恋なのだから…』矢吹は独言を言いながら、そのまま寝入ってしまった。

…どれ程の時間そうしていたのか、矢吹はブザーの音で眼を覚ました。ドアを開けると、そこにサングラスをかけた霧子が立っていた。どこをどう通り抜けて来たのか、少し恥かしそうな顔をしている。

「やあ、君か…よく出て来れたね…」

矢吹は驚きを隠そうともせずに言った。

「まあ、あまり嬉しそうじゃないわね。撮影が終わったら、ゆっくり呑もうと言ってたのに…もう忘れたの？　ブランデーを買ってきたわ。呑みましょうよ」

そう言って、霧子はニコリと笑い中に入った。花柄のソファーの脇のテーブルにブランデーを置き、サングラスを外し上着を脱いだ。豊かな体の線が現れ、そこに綺麗な女性が立つと殺風景な部屋が一遍に華やいだ。薄地のセーターにミニスカートがよく似合っている。

「どうお、ここの居心地は？」

取って付けたような質問をして、霧子は座った。

「うん、まだ落ち着かない感じはあるけど、結構いい所だよ」

矢吹はブランデーを注ぎながら答えた。

「じゃあ、まずは乾杯ね」

霧子はにこやかにグラスを上げた。矢吹もグラスを手にした。

「君の事は大藤や牧本監督からも聞いたけど、知らずにいて申しわけないと思っているよ…」

しばらくして矢吹が口を開いた。

「私の離婚のことね…もういいのよ。済んだことだもの…それより矢吹さんが戻ってきてくれて嬉しいわ」

「勝手にいなくなった俺のことを今まで待っててくれたのかい？」

ブランデーを一口呑み、矢吹は冗談ぽい口調で言ったが、編集長からの話もあり、胸に支《つか》えていることだった。この機会にはっきりさせたかった。

「いけなかった？　それとも…何か私のこと、疑っているの…？」

霧子は首を傾げて尋ねた。

「君のように若くて美しい人が、十年間も一人でいられたなんて信じられないからさ」

強いて平静を装って言った。

「あら…もうそんなに若くはないわ。でも本当のことを言うと何人かの男性からお付き合いの申出はあったんだけど、全部断わっちゃったの…特に大藤さんはかなり強引だったわ」

矢吹は、やはりそうかと思いながら「なぜ断ったのか」と、惚《とぼ》けて聞いた。

「まあ、いじわるね。私にはあなたっていう人がいるでしょう？　それとも、こんな傷物の私を嫌いになったの？」

矢吹をじっと見つめた。それは真剣なまなざしだった。

「やあ、ごめん、ごめん、そういう意味じゃないんだ…一度だって君を忘れたことはないよ。それより俺みたいなこんな馬鹿な男で…君こそいいのかい？」

「それはお互い様でしょう？」

霧子はクスッと笑った。思わず矢吹も吹き出したが、彼女の今の言葉で胸のわだかまりが嘘のように消えていった。

「何か、音楽でもかけようか」

と言って、矢吹はステレオのそばに行き、スイッチを捻った。すると、間もなく『ブランデーグラス』の曲が静かに流れ出した。

「踊れそうな曲ね。矢吹さん、踊りましょう」

霧子はふっと立上がり矢吹に抱き付いた。

「おいおい、まだ一口しか呑んでないぜ」

と、笑いながら矢吹は優しく霧子の腰を抱き唇を重ねた。霧子はなんの抵抗も示さなかった。矢吹には心と心が通じ合った瞬間に思えた。矢吹は心の安らぎを感じながら彼女を抱き締め踊り始めた。

もう二人には言葉は必要なかった。彼らの恋は長い年月をかけ、諸々の苦汁を乗り越え、廻り道をしながらも大人の恋にまで成熟していたのだ…

矢吹と霧子の婚約が発表になったのは、それから数日後のことだった。


（了）

（平成十二年　北の文学第四十一号　入選）

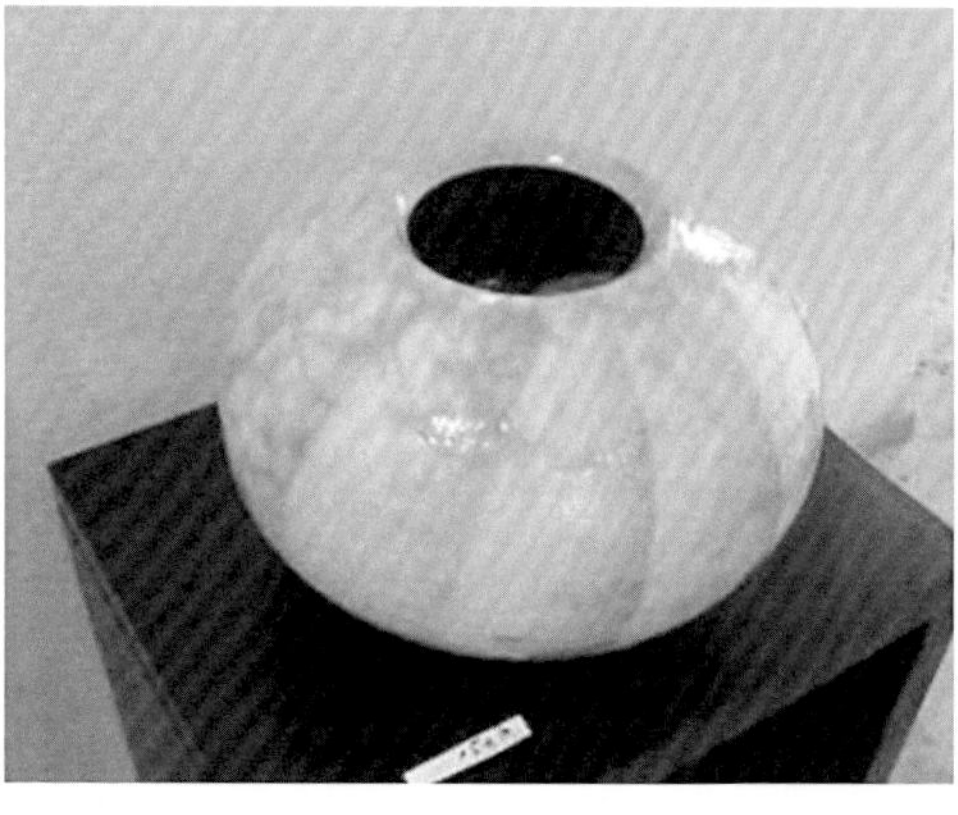

引き抜かれた稲

病院の中は消毒液や種々の薬の臭いが混ざり合ったような独特の澱んだ空気が漂っている。真城浩明は職員用の入口から中に入り、時々、行き交う看護師さんに会釈をしたり、笑みを交わしながら、ゆっくり歩いていた。

浩明は今年の四月から、県北にある総合病院に隣接した養護学校に赴任し、着任早々、その病院の病棟内にある院内学級の担当になった。生徒は小中学生が主で、浩明は中学生の受持ちである。教科指導の他に学校に来れない生徒たちの出欠や病状のチェック、その他に自習課題があれば、それを手渡したり、言ってみれば、学校と院内学級のパイプ役のような役割だった。

院内の教室には、生徒が数名座れる椅子や机の他に黒板も設置されている。しかし、ほとんどは重症の病気を抱えた生徒たちが対象なので、その生徒のいる病室に出向いて授業することが多かった。浩明は中央治療室に程近い病室の前に立ち止まり、軽くノックをしてドアを開けた。

「ハロー、二人とも元気かい?」

浩明は英語の教師らしく英語を混ぜて、強いて明るい口調で言って部屋に入った。浩明は、教科の上では主に英語を担当し、その他の教科はそれぞれ別の教師が担当している。

太陽の陽射しをあまり浴びることのない重症の生徒のいる病室は外界から隔離された場所のようだが、外の景色や花壇などを眺められる工夫がなされ、暗いイメージはなかった。この病室には膠原病という病を持つ淑子とALSと呼ばれる病気を抱えた聡美の二人の女子生徒がいる。二人とも中学二年生で、外界の空気を運んでくる教師を待っているのだった。重い病気にもかかわらず、彼女たちはすこぶる明るかった。淑子は色白で澄んだ眼をして、聡美は髪が長く、ひょうきんな眼をしている。

「先生、病人に向って、元気か…はないでしょう」

淑子は口をとがらせ、すねた振りをした。聡美もそうだ、そうだと、こぶしを振り上げ笑った。

『私の病気って、最初に聞いた時、ＳＬの汽車のことかと思ったんです』と初対面のとき、そう冗談ぽく笑って自己紹介をしたのは、ＡＬＳの病をもつ聡美だった。そんなことを思い出しながら、浩明はごめんと頭を掻いた。

「でもな、二人とも、先生にとっては生徒であって、患者さんじゃないんだ。元気ですか？　は挨拶なんだよ…さあ、勉強始めるぞ」

一か月も経った今では、浩明も彼女たちのジョークには慣れ、自分なりのペースを掴みつつあった。

「先生、きょうのネクタイ、すてきですね」

淑子が移動式の黒板の前に立つスーツ姿の長身の浩明を見て微笑んだ。鼻筋の通った顔の浩明は自分でもまんざらではないと思っているが、ここで気を抜いてはいかんと自らを戒め、軽く頷いて授業を始めた。

もともと浩明は高校教師で、この三月まで五年間、県南の高校で教鞭を取っていた。時代も昭和から平成へと変わり、そろそろ転勤を考えていた頃、同じ岩手の県立の学校であり、養護学校のような学校で教えるのもいい経験になる、という前任校の校長の勧めもあり、多少の不安はあったものの承諾した。しかし、多忙な仕事やクラブ活動に追われることもなく浩明はひとまず満足していた。

「先生、何か考え事してるの？」

浩明は聡美の声で我に返った。見ると二人とも黒板の文字を写し終えニヤニヤしている。

「やっぱり、きょうはいいネクタイをして、デートかもね」

淑子は図星でしょう、と言わんばかりの顔をしている。ちょっとでも気を抜くと、顔色一つ読み取る速さは、普通校の生徒以上だ。自分の体調に鋭敏な分、他人の仕草にも敏感に反応してくる。

「デートなんかじゃないよ。書き終ったんだな…さあ次に進むぞ。いいかな？」

浩明は少し冷や汗を掻きながら、二人のノートを覗いた。ノートには綺麗な文字が並んでいる。

「いいとも！」

二人は満足そうな顔をして、テレビ番組で聞いたことのあるような口調で言った。そんな他愛ない調子で授業を進めるが、授業時間が四十分と短めである。やることをやらないと時間は待ってくれない。

いつものように、二人に読ませ、二、三質問をし、英文を説明しているうちに授業の終りが近づいてきた。ちょっと油断したかな…と反省しながらも、浩明は澄まし顔で二人に指示した。

「あと残ったところは、自分たちでやりなさい。自分でやることも大事だよ。次の時間に見せてもらうからね…じゃあ、きょうはそろそろ終るよ」

「ハーイ」

二人は、声を合わせて元気よく返事をした。やはり授業が終るのも嬉しいようだ。

養護学校では毎年、生徒たちに花壇づくりや畑づくりといった作業を伴う体験学習をやらせている。今年は田植えをすることになっていた。

五月の連休も過ぎ、水もぬるむ頃、田植えの日は約束されていたかのような晴天だった。

喘息や血友病、腎炎など外での活動の可能な生徒たちは、近くの農家の田圃を借りて田植えをするが、院内の生徒たちは病院の花壇の片隅で、プランターがわりに小学生用と中学生用の魚箱を二つ置いて、それに土と水を入れて苗を植えることにしていた。もっともその作業をするのは先生で、生徒たちはそれを見学するという田植えとは程遠いものだった。しかし、浩明にとっては初めてのことなので楽しみにしていた。

「いよいよですね」

近くの農家の田圃で田植えをする数十名の生徒たちと引率の先生たちを送り出した後、浩明は小高有加先生に笑って言った。彼女は麦わら帽子を被り、体の線の出るジャージを着ている。彼女は小学生の院内学級の担当で、きょうは浩明といっしょに病院の花壇で田植えをすることになっている。

「小高先生は、田植えをしたことあるの？」

浩明は野球帽をかぶり、作業着を着込んでいた。

「私は田植えの経験はないけど、真城先生も素人っていう感じですね。何処となく…」

浩明のちぐはぐな格好をみて、くすっと笑った。そう言われてみれば、そうかもしれないと浩明は苦笑いをしながら、帽子に手をやった。

院内の生徒たちは窓際の日陰で見ていた。時折そばに来て、悪戯しようとする者もいるが、小学生も中学生も物珍しそうに黙って見ている。

「先生、大丈夫なの？　そんな物に植えて…」

淑子が魚箱を指差し、心配そうな顔で尋ねた。

「うん、まあ大丈夫だろう。稲だって植物なんだから…」

そう言いながら、浩明と小高先生はそれぞれの魚箱のプランターにあらかじめ用意しておいた黒土をスコップで入念に入れた。そして、たっぷりと水を注いで泥の状態にした。泥の田圃といった感じになった。稲の苗もすでに院内学級用に分けてもらってある。

「こんなもんでいいかな？　さて田植えを始めますか…」

もう要領は教わっているから、あとは実践するだけである。浩明は少し緊張を覚えたが、小高先生は余裕の表情を見せている。

「だいたい、いいですね…泥の状態も悪くないし…」

にっこり笑って、彼女は早速、苗を手にした。浩明も生徒の方に「やるぞ！」と合図して、田植えを開始した。ゆっくりと苗を泥の中に指でそっと差し込むと、なんとも言われない不思議な感覚が指に伝わってきた。彼女も浩明と呼吸を合わせるように植えながら、ときどき生徒たちの方を見て微笑んだ。生徒たちは嬉しそうに手をたたいたりして、はしゃいでいる。

しかし田植え気分に浸る暇もなく、ものの数分間でプランターの田植えは終った。浩明は農薬や化学肥料を使わないで育てるつもりであることなど生徒たちに話をした。

稲が実るまで、どれだけ大変なものかを理解してほしいとも思ったが、その事はいつか機会があったら話すことにした。

「あとは稲の苗の育ち具合をよく観察するように…じゃあ、部屋に戻っていいよ」

と付け加えて、浩明は生徒たちを部屋に戻した。

「なんとなく、きょうは飲みたい気分だな…稲が無事育つのを祈って、二人で祝杯を上げませんか。街の方にでも行って…」

生徒たちが戻ったあとで、浩明は緊張がほぐれたように笑いながら小高先生を誘った。

「それもいいですね。私もなぜか、きょうは記念すべき日のような気がします」

「稲が実った暁には何かいい事がありそうだな…例えば生徒たちの病気が治るとか…とにかく少しでも良くなればいいね」

「そうですね。私もそれを祈りたいです」

彼女の眼が心持ち潤んでいるように見えた。病気回復は現実として、そう甘いものではない。しかし、院内にいて、日々、闘病生活を送る生徒たちのせめてもの励ましになればいいが…と浩明は願った。二人は、スコップや黒土の残った袋を片付け、学校に戻った。

夕方、学校が終ってから、浩明は小高先生と街の中にある小料理屋の暖簾をくぐった。店内はそれほど広くはないが、窓の内側には障子戸があり、和風の雰囲気を醸し出している。十人程座れるカウンターと畳敷きの小上がりが二つあり、その一つの方に二人は座った。すでにカウンターには、初老の男性が一人座り、酒を飲んでいる。

「こっちの方がゆっくり飲めそうだ。ビールでいい？」

「はい。いいですよ」

彼女は座布団に軽く足を崩して座り、物珍しそうに店の中を眺めた。薄地のピンクのセーターにミニスカートを履き、うっすらと化粧をして香水の香りがする。電灯の明かりは彼女の目鼻立ちを際立たせ、日中よりも美しく見えた。浩明も学校を出る時、スーツに着替え、きちっとネクタイもしている。

「いらっしゃい」と、人の良さそうな中年のおかみさんが注文したビールを運んできた。続いて、テーブルの上に野菜の煮付けや漬物、そして焼いたシシャモが並べられた。

「食べながら飲んだ方がいいよ。その方が悪酔いしないから」

乾杯したあと、浩明は早速、シシャモにかぶりつき、いっきにビールを飲んだ。

「美味しそうね」

彼女も嬉しそうにビールを一口飲んで煮付けをつまんだ。

「きょうは、疲れたでしょう」

労るように彼女のグラスにビールを注いだ。

「きょうのビールは本当に美味しいですね」

彼女はいかにもうまそうにビールを飲み、浩明のグラスにも注いだ。

「真城先生は、お酒強そうね」

「そうでもないけど、人並みには飲めるかもね」

二人は互いにビールを注ぎ合って、また乾杯の仕草をした。ほんのり頬を染めて、彼女は微笑んでいる。思えば、こうやって若い女性と二人きりで酒を飲むのは初めてだった。

「小高先生は、毎日楽しそうだけど、今の学校、好きなんだね…」

あとから出された焼き鳥を食べている彼女に浩明は改まったように訊いた。

「どうしたんですか。急にそんなことを言って…もう酔ったんですか」

「うん…少し酔ってきたかな。実は歳がいもなく、五月病というのか、ホームシックと言ったらいいのか、最近、変なんですよ」

「そうだったんですか…でも私も昨年、初めて今の学校に来た時、やはり少ししてから、ふと東京で過ごした学生時代が懐かしくなったりして家に帰って泣いたこともありました」

「やっぱり、誰でもそうなのかな…」

「昨年は私も仕事に慣れるまで大変でしたが、今年は少し自信がついてきた感じです。だから楽しそうに見えるのかもしれません」

昨年、今の職場に赴任して、慣れるまで辛かったと自らの体験を話し、浩明を慰めようとした。その彼女の顔を見ているうちに、浩明は自分の心の裡をみせてしまったことを後悔していた。自分は寂しい…孤独だと告白してしまったのと同じだからだ。

「でも今の話は忘れてください。いい歳をして恥ずかしい…」

浩明は慌てて打ち消し、ビールを口にした。

「どうしてですか？　人間誰でも寂しかったり、不安になったりするものじゃないですか。それは恥ずかしいことでしょうか」

いつもの彼女に似ず、哀しそうな表情で浩明を見つめた。

「たぶん、六月になれば治るだろうと思う」

浩明はさらに、はぐらかそうとした。

「五月、六月の問題ではないと思います。人は孤独を感じたり、悩んだりするのは苦しいから、それから逃げようとか、何かでごまかそうとしますが、病気の生徒たちは病気から逃げたくとも逃げられないんです。好きで病気になったわけじゃないのに…」

彼女の眼に心なしか涙が浮かんでいる。

「それはそうだが…」

　浩明は思わず口ごもった。

「ごめんなさい。生意気なことを言って…私の方が酔ったみたい。まだそんなに飲んでないのに…でも、また、いっしょに飲んで、いろいろ話をしましょうね」

「そうだね…プランターの稲が実るまでは時々、作戦会議が必要かもしれないな」

「真城先生、これからもよろしくね」

「うん、こちらこそ、よろしく」

　二人は、乾杯の仕草をして微笑んだ。それから取り止めのない話に花を咲かせ、店を出た時にはもう辺りは暗かった。車のヘッドライトだけが忙しげに通り過ぎて行った。浩明のアパートはそれほど遠くないが、彼女の家は反対の方向だと言って、走ってきたタクシーに手を上げた。一台のタクシーがすぐ近くに止まった。

「それじゃあ…おやすみなさい」と言って、差し出した彼女の手を浩明は優しく握った。タクシーに乗った彼女が軽く会釈をすると同時に、タクシーは発車した。

その年は天候が幸いして、プランターの稲も田圃の稲に負けないくらいの生育ぶりを見せていた。小高先生とは六月に二度目の作戦会議を例の小料理屋で行ない、帰りの夜道で、別れしなに初めて彼女を抱き締め、軽い口づけをした。浩明たちの恋のほうも稲に劣らず順調に育っているようだった。

七月には夏休みに入る前に職員全体の慰労会が街の中であり、浩明も小高先生も参加した。それが終ったあとで、浩明は彼女を家の近くまで送った。休み中は、暇なときにプランターの稲の様子をみる程度にして、夏休みはゆっくり骨休みをしようと申し合わせ、いつもより長い抱擁と口づけを交した。

夏休みに入ってから、一、二度プランターの稲の世話をしたが、浩明は小高先生と山に登ったり、温泉に浸かって英気を養った。そして八月になってから、三陸の海辺にある郷里に帰り、彼女は学生時代すごした東京へと旅立った。

浩明が学校に戻ったのは、お盆も過ぎてからだった。そして、その足で早速、病棟の花壇におもむいた。お盆中、帰省していた生徒たちも戻っているはずだが、昼休みで休養中なのか生徒たちの姿はなかった。しかし花壇を見ると、プランターの所で白衣を着たままの戸田看護師さんが一人、ホースでプランターに水を入れていた。

「やあ、稲の世話をしてくれているんですか。すみません」

「まあ、真城先生、稲をほっといてはだめですよ…ずっとお天気続きなのは良かったのですが、水が温んで、水が腐るところでした…それから、実はプランターの稲の一株が引き抜かれて、捨てられていたんです。誰がそんな悪戯をしたのかは解りませんが…」

浩明が慌てて見ると、確かに一株の稲がやや黄ばんでいる。

「稲…大丈夫でしょうか？」

浩明は心配そうに覗きこんだ。

「なんとか持ち直しそうですが危ないところでした。でも先生、あまりがっかりしないで下さいね。この病院では毎日のようにいろいろな事が起こるんですから」

戸田看護師さんは年齢も浩明より少し上のようで、どことなく落ち着いた雰囲気をみせている。立ち上がるとすらりとしていて、聡明な顔立ちをしている。

「稲の事、気にはなっていたんですが、つい家に長居してしまった自分も悪いんです…」

誰がやったのか、気がかりではあったが、今はその詮索よりも彼女の厚意に謝する気持ちの方が大きかった。

「それからは私もプランターの稲が気になって、時々こうやって水底に新しい水を入れたりしてたんです。田圃と違って、水の流れがないので根腐れを起こしやすいんです…」

その黄ばんだ一株以外は、どの稲も久し振りに見る浩明の眼には一段と生長してみえた。

「いつの間にか穂まで出てきていますね。戸田看護師さん、いろいろありがとう」

「魚箱のプランターは水はけが悪いから、稲を育てるのは大変ですよね。でも真城先生と小高先生が一生懸命お世話したから、ここまで育ったんです」

労るように浩明を見た。戸田看護師さんという強い味方が付いてくれたことは心強かったが、引き抜かれた稲の事を思うと、浩明は気が重かった。

「引き抜かれた稲を気になさっているんですね」

浩明のすぐれない顔色に気付いた彼女は、気の毒そうな表情をみせた。

「そんな悪戯をするなんて、どうしても信じられないんです」

「小さい頃から親元を離れて療養している子供達もいますから、たぶん心の中には不満が大分、溜まっているんだと思います。それが時に何かあると、爆発してしまうんでしょうね…でも、だからと言って、大事に育てている稲に悪戯するなんて許されることではありません。私もそれとなく子供達に注意しますから、お腹立ちでしょうが、何とか勘弁してやって下さい。お願いします」

彼女にそこまで言われ、浩明もこれ以上、我を張るわけにはいかなかった。彼女が病棟に戻った後、浩明はしばらくその場にしゃがみ込み、プランターの稲を眺めていた。どうにも中学生用のプランターのその引き抜かれた稲が気になった。いったい誰だろうと思えば思う程、気が晴れなかった。しかし、浩明は気を取り直し、淑子たちの部屋に立ち寄ろうと腰を上げ、病棟に向かった。

ノックをして、部屋の中に入ると、二人ともパジャマ姿で何やら話をしていた。浩明に気が付くと急に話をやめた。

「やあ、元気にしてたかい？」

いつもの口調で言ったつもりだったが、語尾の方が口ごもった。

「あのー、先生…私、先生に訊きたいことがあるんですが…」

淑子は浩明を見て、少し驚いたような表情をみせたが、挨拶もせずにいきなり言った。

「さて、何かな？」

浩明はそばにいる聡美の視線を気にしながら、ベッドの端に座った。

「いったいプランターの稲作りは誰のためにやっているんですか」

「もちろん、君たちや院内学級の生徒たちのためだよ…」

浩明は怪訝そうな顔をして答えた。

「そうでしょうか…私たちには先生たちのためにやっているようにしか見えませんが…休み前には小高先生ととても楽しそうにプランターの稲の世話をしていましたよね。それから、さっきは戸田看護師さんとも親しげに話をしていて、何か訳ありという感じに見えましたけど…」

いつの間にどこで見ていたものか…浩明は内心ぞっとした。病気の生徒たちの心の内面を垣間見たような気がした。いつもは冗談を言っている彼女たちの表情に憎悪にも似たものを感じた。

「それは考え過ぎというものだよ。戸田看護師さんにしても、先生がいない夏休み中にプランターの稲の世話をしてくれていたので、さっきはそのお礼を言っていたんだ」

「看護師さんにやってもらうのは、おかしいんじゃないですか。それは先生たちの仕事でしょう。小高先生も無責任だわ」

聡美は淑子を援護するように口を挟み、そして小高先生にも矛先を向けた。あのひょうきんな眼が暗い不安そうな眼差に変っている。

「そう向きになるな」

浩明はこれ以上とやかく言い合ってもしようがない、と溜息をつきながら強いて笑って言った。

「どうせ、先生たちは病気の重い私たちを厄介者に思っているんでしょう。プランターにまで稲を植えたりして…そんなに無理する必要はないわ」

淑子はまだ納得がいかないとばかりに食い下がった。なぜ、そう向きになって怒るのか浩明は戸惑うばかりだった。

「無理してやっているわけじゃないよ…先生方も看護師さんたちも皆、君達のためと思って一生懸命いろいろやっているんだ。それは解るだろう…?」

浩明は戸田看護師さんに病院内での事をいろいろ訊いていたので心に少し余裕があった。

「先生は何もわかっていない…どうせ私たちはお荷物だし、もともと生まれてこなかった方がよかったんです」

淑子は投げやりな言い方をして、口を尖らせた。

「そんな事、言うもんじゃないよ。生まれてこなかった方がいいなんて…」

「じゃあ、こんな私たちでも生まれてきた意味があるんですか」

淑子の口から思いもかけない言葉が飛び出した。医療的な事であればともかくも、心の内面に関することであれば、ごまかすわけにはいかないと浩明は思った。

「人は皆、生まれてくる限り、それなりの意味があるんだと思う…世の中には眼の見えない人や耳の聞こえない人だっているだろう。それでも皆、一生懸命、生きようとしているんだ…」

「それは解るけど、では、どんな意味があるんですか？　病気を背負った私たちや、眼や耳が不自由な人達が、どうして生まれてこなければならなかったのか教えて下さい」

二人はじっと浩明の眼を見た。浩明はしばし沈黙し、考えるように腕を組み視線を落とした。

「人は出会うために生まれてくるんだと、先生は思うけど…」

その沈黙に耐えられなくなり、顔を上げ、そう言った浩明の眼は真剣味を帯びていた。

「いったい誰にですか？」

淑子は思わず驚いたような表情をみせた。

「それは両親だったり、兄弟や友達だったり…生まれてこなければ、出会えなかったわけだろう？」

浩明は解りやすく言い換えて、二人に優しい微笑みを向けた。

「でも私たち、みんなに迷惑をかけてばかりいるんです…両親にも先生にも看護師さんたちにも…」

淑子がぽつりと言った。二人の眼には涙が光っている。

「それは仕方のないことだろう…人は誰でも多かれ少なかれ、他人の世話になって成長していくものなんだよ」

「それはそうですが…病気でなかったら、どんなに幸せだろうって思うこともあるんです。

小高先生みたいに真城先生といっしょに稲の世話ができたらいいのに…」

　涙に濡れた頬を拭おうともせず、淑子は浩明を見つめて言った。病気との闘いの中で成長しながらも、すでに女としての自覚が彼女たちの心に芽生えてきているものなのか、と浩明は切ない思いだった。

「二人とも大人になる頃にはいい人に巡り合うかもしれない。これから、まだまだいろんな出会いが待っているんだから、それまでは泣き言を言わないで、一生懸命、勉強をして、磨きをかけなければいけないよ。いつなんどき、いい人に出会うか解らんのだから…」

　浩明は努めて明るい口調で二人を励ました。彼女たちは互いに目配せをして頷いた。いつの間にか、また素直な生徒たちに戻っているようだった。浩明は安堵しながら二人を見て微笑んだ。

　人はいろいろな人との出会いの中で成長する。時には傷つけ合ったりもするが、それは人として成長していく上では避けて通れないものだ。しかし身に病を持つ生徒たちの悩みは、普通の人々よりもっと複雑で根深いものだろう。安易に将来の出会いを示唆してしまったが、本当に愛する人と出会った時が正念場かもしれない…浩明はそんな思いを抱きながら病棟を後にした。

学校の方から、そろそろプランターの稲の刈り入れをしてもいいだろうという指示が出て、早速、小高先生とプランターの稲刈りをしたのは十月に入ってからだった。その刈り取った稲も、束ねられて、田圃の稲といっしょに校庭の柵の一角に吊され干されている。

浩明は田植えの時と同じように、院内の生徒たちを病棟の窓際の日陰に集め、生徒たちの見ている前で、小高先生と鎌を使って手際良く稲刈りをした。その事を学校の窓から、校庭の稲を眺めながら思い出していた。

「稲を見ているんですか。先生にラブレターですよ」

昼食を食べ終り、ぼんやり立って窓の外を眺めている浩明に小高先生が意味ありげな笑いを浮べ、一通の封書を手渡した。

「えっ…誰から?」

「見れば解りますけど、いつから彼女とそんな仲になったんですか。私という者がありながら…冗談ですけど」

彼女は浩明をちらっと睨み、微笑んだ。それは淑子からのものだった。淑子は体調がすぐれず、ここ数日、中央治療室に入っていたが、最新の設備の整った県立病院に検査入院をするとのことだった。

「午前中に会ったときは、何とも言っていなかったのに…」

「手紙を書いたりするくらいですから、本人は内々に解っていたんではないですか…きょうの午後には移るらしいですよ」

そう言って、小高先生は昼食を取るため、自分の席の方に戻った。職員室の中は、昼食を食べたり、食べ終ってお茶を飲んでいる先生たちで賑わっている。

浩明は、いったい何の手紙だろうと、心配そうな面持ちでその封書を開いた。

『しばらくは先生ともゆっくり話ができないと思うので手紙を書きます。私の心の中には、いつも病気の不安があり、時々、憂鬱になることがあります。だから時には感情的になったりして、先生も驚かれたことでしょう。ごめんなさい。それから、また元気になって、明るく笑って先生に会いたいので私は告白します。稲の悪戯の事…あれは…私です。それは聡美も知っていますが、聡美を責めないで下さい。やったのは私ですから…。真城先生が小高先生と楽しそうに稲の世話をしているのを時々見掛けて、腹が立ったんです。でも後悔しています。許して下さい。先生が私たちに言ってくれたこと…人は出会うために生まれてきたんだと…私、生まれてきて良かったと思っています。いろんな人に出会えて…今は幸せです。今度、会ったとき、先生が黙って私に笑いかけてくれることを祈っています。きっと許してくれると信じています。それでは先生、また会いましょうね。
淑子』

と言った内容の手紙だった。

「淑子だったのか…稲を引き抜いたのは…でも、よく正直に言ってくれたな…」

浩明はそう言いながら、ふーっと溜息をつき、また校庭のあの干されている一際黄ばんだ一束の稲を見た。

木々の紅葉が日ごとに増す中、校庭の柵に並べられた稲の束の群は、時が止まったようにひたすら日光を浴びている。

「人は病と闘いながらも、自分の生きる意味、生まれてきた意味を見つけるため、生きなければならないものなのだろう。逆境が人間を成長させるとも言うが、魚箱のプランターの中でさえ、稲はりっぱに育ち実ったのだ…奇跡かもしれないいな…」

そう独りつぶやく浩明には、その事実が何故か、病気と闘う生徒たちへのエールのように思えてならなかった。

（了）

（平成十七年　岩手芸術祭小説部門優秀賞）

淡紅の灰被花入（萩焼き作陶展）

「あなたは気楽でいいわね。わざわざ東京まで行って、焼物見物なの？　それも一泊だなんて…」

小学校の教員をしている妻の彩乃は猜疑の眼差しで佐山徹也を見た。確かに今は盛岡から東京までは日帰りも可能だ。佐山が学生だった頃はまだ東北新幹線は走っていなかった。もし走っていれば、自分の運命も変っていたかもしれないと思うことがあった。

「うん、友人の内海と会うんだ。ほら、萩焼をやっている奴だよ」

「まあ、どうぞご勝手に…その方、男性だったかしら…？」

嫌味にも似た捨て台詞を吐いて、彩乃は用があると言って出かけてしまった。銀行に勤めている長女の早苗は友達に会うため、大分前に出て行ってもういない。

今、家にいるのは大学教授をしている佐山と次女の香穂だけだった。土曜の午前十時を過ぎたと言うのに香穂は起きて来ない。佐山は、二階で引きこもっている娘の部屋の方を階段の途中から覗いてみた。香穂が佐山と口をきかなくなってから、もう五年になろうとしている。五年前、泣きながら自分の部屋に戻った香穂の痛々しい姿が佐山の眼に浮かんだ。思わず、手を上げてしまった自分の腑甲斐なさを思い出す度に気が滅入るのだった。

香穂は東京で大学生活を送り、卒業後の就職も都内に決まっていたが、付き合っていた男性が別な女性を連れて九州に帰ってしまい、結果として裏切られる事態になった。それで都内の就職を断り、卒業後、家に戻ってきた経緯《いきさつ》がある。

そんな娘がひどく傷ついて帰ってきたことを佐山も頭では理解していた。それで、ときどき妻の彩乃と一緒にいろいろ相談に乗っていた。あの時もじっくり話を聞いてやろうと、居間に香穂を呼び、最初は冷静に話をしていたのだが、香穂の生意気とも取れる言動につい声を荒げ、香穂の頬を思い切り叩いてしまったのだ。

それから香穂は佐山と顔を合わせても口をきかず、ほとんど自分の部屋で過ごすようになった。そんなことを思い悩みながら、佐山はしばらく階段の下の段に腰を下ろしていたが、おもむろに外出の支度を始めた。衣服を着替え、鏡を見て髪を整え、それからボストンバッグを持って家を出た。

大きな通りまで歩き、佐山はそこでタクシーを拾い、盛岡駅へと向かった。


東北新幹線が東京駅に到着したとき、時計は午後の三時をまわっていたが、佐山は久方ぶりに旅行気分を味わい、平静な気分を取り戻していた。それは新幹線に乗り、座席にくつろぎ、紅葉の山々や陽光に輝く田園風景を眺めたときからすでに感じていたもので、自然の美しさを改めて感嘆するひとときでもあった。

東京駅に降り立った佐山は、多くの乗客に紛れながら、山手線のホームへ向った。ボストンバッグ一つの気軽な旅であり、土曜と日曜を利用して、五年ぶりに開かれている学生時代からの友人である内海稜平の『萩焼展２０１２』を見ることが旅の目的でもあった。新幹線のスピード化により、東京まではもう旅行と呼べる距離ではなくなったが、大学に勤めている佐山にとって、こういうときでなければ、旅行気分など味わう機会がほとんどなかった。それで今夜は会場近くのホテルに一泊予約を取っている。夜に内海と一献傾けるのも楽しみにしていた。

佐山は山手線の電車に乗り、有楽町駅で下車した。個展会場になっているMデパートはそう遠くない。二〇〇七年に一度来ているので、前回のようにあちこちうろうろすることはなかった。

デパート正面の入り口から入ると、週末とあってデパート内は大勢の買物客で賑わっている。佐山はエスカレーターで、四階のアートギャラリーへと向った。

内海稜平萩焼展の個展会場は、広々としていて奥行きがあった。あちこちにいる来観者の中に内海が紛れ込んでいるとすれば、探せないこともなかったが、ちょうどそばに受付嬢のような若い女の店員がいるので、内海がいるかどうか訊いてみた。

「内海の友人の佐山といいますが、内海はいますか」

「内海先生ですか。少々お待ち下さい」

その店員は、愛想のよい笑顔で、すぐ立ち上がり会場の奥の方に急ぎ足で歩いて行った。

会場を見渡すと、正面には豪華な壺がズラリと並び、その両側には色とりどりの花瓶や花入れ、茶道で使う茶碗、茶入れなどが所狭しと並べられ、会場はその他いろいろな作品で埋め尽くされている。さらに会場の所々には花なども実際に生けたり、飾ったりしていて華やかさを引き立てている。

まもなくその店員の知らせを受けた内海が、いかにも嬉しそうな表情を満面に浮かべやって来た。

「やー、よく来てくれたな。待っていたよ」

内海は抱き付かんばかりの喜びようであった。肩をたたき合ったり、握手をしたりして佐山も再会を喜んだ。

毎年のように賀状のやり取りはあるが、実際に会うとなるとせいぜい五年に一度ぐらいのものだった。いつも、どうだ大学は…とか、学生時代の創作熱はもう冷めたのか…と言われながら、自分は毎日、大学の仕事に精を出してきた。そして、久し振りに会うと、自分が過ごしてきた日々の物の足りなさを感じるのが常だった。

内海も佐山も同じ美大出身だが、内海は学生時代から絵画でもずば抜けた才能を持っていた。それに比べ佐山の得意と言えば似顔絵ぐらいのものだった。

「やあ、しばらくだったな。まずは個展の開催おめでとう」

佐山は型通りの挨拶をした。

「おお、東北の岩手からはるばる来てくれてありがとう」

学生時代は急行で八時間もかかったので、内海は今でも岩手は遠いと思っている。

「五年前の個展も良かったが、今回はまた凄《すご》いな。本当に豪華で美しいものばかりだ。とにかく素晴らしい」

相変わらず、ただ凄いとか素晴らしいという言葉しか出てこない自分にもどかしさを感じながら、佐山は言いわけがましく笑った。

「そう思うかい…そりゃあ、この五年間の汗と努力の結晶だからな」

内海は見て美しいとか、素敵だとか、そんな単純な言葉を聞くだけで、いつも嬉しそうな顔をする。

「そう言えば、ベトナムにも行ったんだってな」

早く会場内を見てみたいという気持ちはあったが、内海の今年の賀状にベトナムのことが書かれていたのを思い出し訊いてみた。

「ああ、ベトナムか…それより、去年は岩手も大変だったな。大震災の大津波で、すさまじい被害が出たんだろう。ちょうど俺がベトナムに行っていた頃だ…とにかく、ちょっと座って休めよ」

内海は会場の中央にあるソファーに佐山を座らせ、自分も座った。応接セットの脇にはお茶が飲めるようにポットも置いてあり、誰でもくつろげるようにしてあった。若い女の店員がすぐにお茶を入れ、佐山のボストンバックを預かってくれた。

「想像を絶する被害だったよ。俺の住む盛岡は三日間の停電ぐらいで済んだが、三陸海岸では気の毒なことに多くの人々が津波で亡くなったんだ。その後、生き残った人たちも不自由な暮らしが続いている。復興復旧も口で言うほど楽なものではないよ」

「それは本当に気の毒なことだなあ」

佐山はお茶を一口飲み、ソファーに深々ともたれた。内海もその光景を想像するように遠くに眼をやった。

「そう言えば、ベトナムもあのベトナム戦争で散々荒らされた国だが、破壊された建物など今も残っているんだろう」

「俺も最初はそんな荒涼とした廃墟だらけのベトナムをイメージしていた。しかしその戦争の爪痕らしいものはほとんど見当たらなかった。ただそれを隠すように、懸命に生きる人々が印象的だったよ」

お茶をすすりながら話す内海の表情は穏やかだった。

「ふーん、それじゃあ、また外国に行くのか」

「うん、もちろんだよ。次はインドにでも行きたいと思っている」

「もう、そんなことまで考えているのか…話が尽きないが、さて、俺もそろそろ鑑賞させてもらおうかな」

「そうだな、じゃあ、ゆっくり見てくれよ」

内海が他の来観者の方に行ったのを機に、佐山は会場内の作品を見て回ることにした。

佐山はまず近くにある作品をざーと見てみた。五年前の個展のときは、藁灰質の白濁釉を使った萩焼独特の灰色や微妙な美しさの淡紅色を主体にした色合の壺や花瓶、茶器が多かったが、今回はそれに加えて、釉薬をどのように配合したのか、佐山にも理解できないような色合を醸し出した作品が数多く展示されていた。

それは形を変えた花器であったり、静かな優しさを見せる窯変壺や灰被水指、茶入など、見れば見るほど凄いとしか表現できなかった。登り窯の熱風と灼熱の灰を被り、翻弄されながら淡紅色の色合を保ち、限りのない美しさを際立たせている。

人間も、人生の荒波に翻弄されながら生きねばならないが、俺などまだまだかもしれないなあと佐山は大きく溜息を付いた。

さらに回ってみると、女性の裸形らしきオブジェが艶かしい姿を晒《さら》している。これが萩焼だろうかと、首を傾げたくなるような奇妙な形の作品も所々にある。中には髑髏《どくろ》のようなものまであり、どきりとしたが、かつてのベトナム旅行の名残りが、内海の胸の裡に翳《かげ》を落としている気がした。

皓皓《こうこう》と明るい一般の売り場と異なり、個展会場となっているギャラリーは、ややオレンジがかった色調の照明に映し出され、作品が幻想的な深みを増し、一つ一つの作品がそれぞれの存在を主張しているように見える。形の違った作品が並んでいても、会場全体の雰囲気が重厚に調和し、幽玄な世界に魂が吸い込まれるような錯覚に捕われるのだった。まさに焼物の世界は沈黙の世界でありながら、人間の魂を虜にする不思議な力を感じさせる。

ちょうど山々を歩き、森林の中で森林浴をするように、芸術作品の中で自分自身が沐浴をしているような気分に浸っていた。

しかし佐山は五年前の個展では、ほとんど感じなかったことだけに何故だろうと首を捻った。年齢のせいか、それとも家庭の問題がますます深刻に伸し掛かっているからか…それを忘れるための旅だったのだが、現実とのあまりのギャップに佐山は思わず、疲労を感じ息苦しさを覚えた。

後ろ向きになって、来観者に何やら説明している内海には黙って、佐山は会場を出て、騒がしい売り場を避けてエスカレーターで一階の喫茶店へと降りて行った。

店の中は広々としていて、客が思い思いの席に着いている。静かな音楽が流れていて、ここなら一呼吸入れられそうな気がした。佐山が窓際の席に座ると、まもなく女のウェイトレスがやって来た。

コーヒーを注文して煙草を取り出し火をつけた。外の通りは、週末を楽しむ多くの人々で込み合っている。ぼんやり物思いに耽っているところにさっきのウェートレスがコーヒーを運んできた。そして「どうぞ」と言ってテーブルに置いた。そのウェートレスの慣れた物腰は静かな音楽と調和し、心を和ませてくれるようだった。
佐山はコーヒーを口にし、窓の外に眼を向けた。忙しげに行き交う通行人をぼんやり眺めながら、佐山は内海の陶芸家としての生き様を羨ましいと思った。自分も若い時代は絵を描こうという情熱に燃えていたからまだ良かったが、中年にさしかかる頃から少しずつ、その情熱も消えてしまっていた。大学での仕事をこなし、なんとか社会人としての役目を果しているつもりでいた。しかし、まさか自分の娘が五年経った今も、引きこもりの状態を続けるなど予想だにしていないことだった。そんな事を考えながら、しばしコーヒーを飲んでは煙草をふかしていたが、せっかく東京まで来たのだから、日常の瑣末事は忘れようと気を取り直し、佐山は立ち上がった。

個展会場に戻ると、少し離れた所で、内海は若い女性と何か親しげに話をしていた。作品の説明でもしているのかそれとも何か冗談でも言っているのか、時々笑い声も聞こえてくる。その女性は背が高く均整のとれた体付きをしてベージュのスーツが似合っていた。チャーミングな顔立ちであどけない仕草にも好感がもてた。

いったい誰だろうと気になったが、佐山も他の来観者に混じり、また作品を見始めた。作品一つを完成させるまで、どれだけ根気のいるものか、佐山も二十年程前に一度萩を訪れて、内海にその苦労話を聞いたことがあるので少しは理解していた。作品を見ていると、佐山の瞼に創作に熱意を燃やす内海の姿が浮かんでくるようだった。

内海の登り窯は萩の工房の裏庭にあり、高温の炎と煙の中で焼物を焼きながら、その火焔の中で奇跡を生み出す魔物という感じがした。焼物がまさに火の芸術とも言われる所以であろうと佐山は思ったものだ。

内海の作陶への執念に感嘆しながら、佐山は一つ一つ見ていたが、何気無く『灰被《はいかぶり》手桶花入』の前で立ち止まった。

それは面白い形をしているだけでなく重量感があった。萩焼らしい灰色と淡紅色の色合いをベースにしながら、底の方に灰を被《かぶ》ったような荒々しさを見せている。

「どうだい…それを見て何か感じるかい」

その声に驚いて振り向くと、いつの間にか、内海が佐山の後ろに立っていた。不意の問い掛けに佐山は面食らい、うーん、となって腕組みをした。作品自体の出来ばえは申し分ないし、と言って、何を表現しようとしているのかとなると難しい質問だった。

「壺や茶碗にない素朴さというか、何より、いかにも登り窯で生まれた萩焼ならではの迫力を感じるな…」

佐山は感じたままを言った。

「うん、灰被りの名の通り、その灰を被ったように模様が浮き出て来るところが、登り窯で創作する醍醐味みたいなもんだな…狙ったからできるというものでもなく、自然にそうなるのがまた魅力かもしれん…」

当を得たとばかりの顔をして、内海は満足そうに微笑んだ。

「とにかく、これだけの物を造るのは大変な労力だろうな」

「それはそうだよ…一作一作渾身の力を込めて造っているんだ。手抜きはできん。しかし、造り損ないを世に出すわけにはいかない。窯出しの後、失敗作を割ろうとして手が震えたこともあったよ」

妥協を許さない作陶家としてのその眼指しに、自分とは違った厳しい世界に生きる友の姿を垣間見る思いがした。

話に夢中になっていたが、ふと見ると、内海のすぐ後ろにさっきの若い女性がいた。佐山の視線に気付き、その女性は丁寧にお辞儀をした。戸惑いながら佐山も頭を下げた。気のせいかどこかで見たことがあるような顔付きをしている。

「ところで、その女性は？　さっき、いやに親密そうにみえたが…」

「ああ、この女性か…そんなに親密そうに見えたかい。彼女は特に俺を慕ってくれるファンの一人だよ。ハッハッハ…と言うのは冗談で、実は、ほら大学時代に、同期で西条瑠理っていう美人の学生がいたろう…その娘さんなんだってさ。理奈ちゃんって言うんだが、この個展の始まった初日に来てくれたんだ。驚いたよ。お前こそ、瑠理さんとはけっこう親密な関係という噂があったんじゃないのか」

意味ありげに笑いながら、けろりとしている。突然の話に佐山は心穏やかではなかった。噂どころか実際かなり深い仲だったからだ。

「ああ、そうですか。私は佐山徹也と申します。この内海とは腐れ縁みたいな仲ですが…今は岩手の大学で教えています…」

そう言いながら、言葉がもつれた。

「理奈ちゃんは絵をやっているという話だよ。たまたま俺のポスターを見て立ち寄ったらしいが、まったく世間は狭いよな」

顔色の変わった佐山に気付かず、内海は感慨深そうに言った。後ろで理奈が佐山をじっと見ている。

「本当に驚きました。お母さんはお元気ですか」

「いいえ、もう亡くなりました。数年前…」

と言って、理奈は眼を伏せた。

「相変わらずお前は、少々お固いところがある。そういう話はまた後でと言うことで、もうこのデパートの裏の『宝賀』という料亭に予約を取っている。理奈ちゃんも招待しているから、今夜そこでゆっくり話そうや」

片目をつぶり、理奈の肩をポンと叩いた。理奈は嬉しそうにうなずき、にっこり笑った。

「それじゃあ、私、ちょっと用事がありますので、これで失礼します。今夜、必ず行きますので…楽しみにしています」

そう言って、理奈は軽く会釈して、佐山にもう一度視線を送り去って行った。

「なかなか、いい娘さんだよな。俺たちの邪魔すると思って、気をきかして帰ったんだろう。もっとお前と話がしたかったみたいだが…それでな、この個展のパンフで俺の履歴を見て、俺が彼女の母親と同じ大学なもんだから、もしやと尋ねて来たんだよ」

佐山も手にしているパンフを指差し、そう言った。見ると裏の方に内海の履歴と受賞歴が書いてある。

「そうだったのか…俺も驚いたよ。そう言えば瑠理さんとよく似てるな」

「焼物も好きらしくてな、いろいろ質問するんだが、絵をやっているだけあって、手厳しい指摘もあるんで困ったよ。ハッハッハ…初日に来たとき、帰り際にお前のことを訊かれ、きょう来ることを教えたら嬉しそうに礼を言って帰ったんだ。まっ、積もる話は料亭ですればいいよ」

「お前は美人には甘いからな」

「俺は芸術家の端くれだ。何でも美しいものには興味を持たんといかん。それに彼女は美しいだけじゃなく、どこか陰影というか、愁いを秘めているところがいいな」

眼を細め、内海は佐山の顔を見た。

「それはそうだが…昔話をしてもしようがないんじゃないのか」

佐山は内心、尋常ではなかった。

「いろんな偶然は大事にしなきゃあな。焼物も偶然が重なり合っていい物に仕上がるものだ。偶然が混ざり合って味が出る。人生もそうだ。苦労があるから酒もうまい。そばに美人がいたら尚《なお》うまいだろう。ハッハッハ」

他の客はそっちのけで、内海は上機嫌だ。

「しかし、それは男の勝手と言うやつだろう。女性にしたらいい迷惑かもしれんぞ」

「でもな、そこら辺を悟らないと、焼物もいい物はできないんだよ」

結局は焼物の話に戻っていたが、佐山はただ頷くだけだった。

会場は夕方が近付いたせいか、来観者が増え出した。他の客の接待の邪魔になりそうなので佐山は引き上げることにした。

「それじゃ、俺はこれからホテルに行くよ。風呂にでも入って、それから宝賀という料亭で待ってるからな」

「ああ、あともう少しで終わるから、その料亭で、先に行って飲んで待っててくれ」

そう言うと、内海は近くにいる来観者の方に歩いて行った。そして気軽に声をかけ、親しげに話し始めた。その身振り手振りを見ていると、瞬時でも迷いの心が沸いた自分が恥ずかしかった。生きる世界が違い過ぎるのか、まだまだ下界の垢の抜け切らない自分が情けなかった。

佐山は受付の女店員からボストンバッグを受け取り、礼を言って会場を出て行った。

予約していたホテルにチェックインをして、風呂に入り、約束の料亭に着く頃は日も暮れていた。

料亭は木造二階立ての建物で、中に入ると小上がりや小さな座敷がいくつかあり、佐山はその一つに案内された。

慣れた立ち振る舞いの若いお女中がビンビールと三人分のグラス、それからお通しを置いて出て行った。佐山は早速、ビールをグラスに注ぎ、一口飲んだ。湯上がり後のビールだけに喉越しが良かった。それから煙草を取り出し、火を点け、一服吸った。

薄ぼんやりした明りの下を紫煙が漂っている。それを眺めながら、若い女性が来ることを思い出し、佐山は慌てて煙草を消した。理奈を思うと、うろたえてしまう自分がおかしかった。

西条瑠理とは二年間程の付き合いがあり、喫茶店で話をしたり、ときには彼女のアパートで夕食を食べたりもした。けっこう話が合い、彼女といると何故か楽しかった。卒業後はいっしょに暮らし、画家を目指そうという話までしていた。しかし卒業後、佐山は郷里に戻り大学の講師になった。どうせ夏休みには会えるとの軽い考えだった。ところが馴れない大学の雑多な仕事に追われ、そんな中、野外活動で出会った今の妻である彩乃と付き合うようになっていた。瑠理との長距離恋愛は無理と悟り、夏休み中に瑠理には別れの手紙を書いた。その頃、瑠理はまだ東京でアルバイトをしながら画家を目指していた。誇りの高い女性だったから、案の定、その後、瑠理から返事が来ることはなかった。そしてお互い疎遠になり、いつの間にか記憶からも消えてしまっていた。しかし何故、理奈が自分のことを知っているのか不可解だった…そんなことを考えながら、お通しに箸を付けようとしているところに内海がやって来た。

「やあ、待ったか」

「おお、早かったな…」

佐山は、真向いにドッカと座った内海のグラスにビールを注いだ。

「じゃあ、乾杯！」

内海はグラスを軽く上げ、喉を鳴らしぐいぐい飲んだ。大分、喉も渇いているようだ。

「会場の方はもういいのか」

「うん、あとの管理はデパートの人がやってくれるから大丈夫だ」

内海の萩焼はほとんどが一個二、三十万円もする。

「そうか。それにしても、あれから五年ぶりだな…」

佐山はビールを飲みながら、真正面の内海を見て笑った。学生時代の内海は青白い顔をして細身の体だったが、今は血色もよく、がっしりしている。それに比べ佐山は身長こそ内海より高いが、インテリ風の顔付きで細身のままだった。

「五年も過ぎてしまえば、あっと言う間だが、なかなか数は揃わんし、個展を開くのも一苦労だよ。しかし世に問うことも大事なこと。これも陶芸家としての意地みたいなものだな」

この五年間を思い出すように内海は言った。

「お前のことだから、スランプなんてないだろう」

「冗談じゃない。いいプランも浮かばずスランプだらけだったよ…」

「そうだったのか。本当に生きること自体が闘いだからな…」

ビールを一、二杯飲んでるうちにさっきのお女中が煮魚や刺身の盛り合わせなどを運んできた。そして、次の注文を訊いた。

「佐山、次は酒にするか。冷やはあとで効くから熱燗にしよう。じゃあ、ねえさん、熱燗と、あとビールもよろしく」

内海の親しげな言い方にお女中は軽く頷き、笑って出て行った。

「それにしても、好きなことをやってるお前が羨ましいよ」

佐山は溜息交じりに、ぽつりと言った。

「ハッハッハ、まあ幸せな方かもしれんなあ。お前はどうなんだ?」

内海は言いたいことを言って、刺身を美味そうに食べている。

「俺はそうはいかんが、まっ、もう少し自由に生きる努力をするよ」

佐山は仕事の関係で、窮屈な生き方をしてきた気がした。

「ほう、少しは自分のことを反省しているのか。そうでなくちゃ、人間成長せんからな…ところで話は変わるが、理奈ちゃん、遅いな。彼女、俺達の男同士の話もあるだろうと気を使っているんだよ。しかし、そろそろ来ても良さそうだが…」

思い出したように内海は腕時計を見て、首をかしげた。そこに、ビールと熱燗を運んできたお女中と一緒に理奈が姿を現した。

「おじゃまではありませんか」

部屋の前に立ち、内海と佐山を交互に見ながら会釈をした。

「やあやあ、待っていたんだ。さあ入って座れ」

内海は早く座るようにと、彼女を手招きした。紺色のワンピースに着替えた彼女はモデルにしてもいいようなスタイルをしている。夜目に見ても、目元の涼しい鼻筋の通った美人である。

「押しかけてきて済みません」

にこやかに笑い、佐山の方に眼を向けた。

「どうか気を使わず、ここに来て座って下さい」

佐山も笑顔で座布団を勧めた。理奈はそれでは、と言って、二人の真横に座った。

「まずはビールでいいか」

内海は理奈のグラスにビールを注ぎ、それから佐山のぐい飲みに酒を注ごうとした。すると、すかさず理奈がお銚子を手にした。

「私に注がせて下さい」

理奈はにこりと微笑み、内海と佐山にお酌をした。

「おお、そうか」

内海は満足そうな表情で理奈に注がせた。

「それでは、乾杯！」

内海と佐山は口調を合わせ、軽くぐい飲みを上げ一気に飲んだ。理奈もグラスを傾け一口飲んだ。

「さあ、遠慮なく食べたいものを食べていいぞ」

嬉しそうな顔をして、内海はテーブルの上の料理を勧めた。

「きょうは遅れて済みません。おしゃれに時間がかかりすぎたみたいです。ではご馳走になります」

理奈はピョコンとお辞儀した。気さくに話すが、都会暮らしが長いのか洗練された雰囲気を感じさせる。

「いいんでよ。どうせ夜は長いから…」

佐山はすぐ打ち解けられそうだと思いながら相槌を打った。

「理奈ちゃんは都内に住んでいて、昼間は似顔絵を描いたり、他にもいろいろアルバイトをして、絵の勉強をしてるんだそうだ。偉いよな」

内海は理奈の気持をほぐすように、彼女の努力をほめた。

「芸術を志すって、いろいろ苦労も多いと思うが、よくこんな大都会でやっているね…それに美人だから回りがほっておかないだろう」

酒が入っているからか、佐山もスムーズに言葉が出る。

「いいえ、そんなに苦労はないんです。今はけっこう楽しいんです」

若さゆえか心持ちも大らかだ。

「おいおい、佐山まで彼女を煽ってどうするんだ。ろくでもない男に引っ掛かったらお終いだよ。しかしその点、理奈ちゃんはしっかりしているし、何度も入選しているようだから才能のある証拠だ」

「才能があればいいんですが…ただ絵を描くのが好きなだけなんです。でも結局は実力の世界ですから、これからどうなるかは解りませんが…」

「大きな夢を抱いて大都会にやって来る者も多いが、夢を叶えれる人間なんてほんの一握りなんだろうな。才能はもちろんだが、孤独や貧しさにどこまで耐えられるかが勝負の分かれ目かもしれん…」

内海の得意の演説が始まったと佐山は心配そうに理奈を見た。しかし彼女は真摯な眼差しで聞いている。

たわいない話題でも若い女性がそばにいるだけで、座が華やいでいるのが佐山には不思議に思われた。

内海は煮魚をむしゃむしゃ食べ、佐山は刺身を一切れ口に運んだ。理奈は内海と佐山のぐい飲みに交互に酒を注ぎ、時々、刺身をつまみながらニコニコしている。そんな理奈の仕草を見ているうちに、佐山は学生時代の西条瑠理を思い出していた…。

瑠理と最初に話をしたのは、大学三年の初夏の頃、佐山がスケッチブックを肩に下げ、横浜の関内まで行って、山下公園へと足を伸ばした時のことだった。大学では、瑠理とは軽く会釈をする程度で、ゆっくり話をしたことはなかったが、それがたまたま山下公園でばったり出会ったのが切っ掛けで親しくなった。彼女もやはりスケッチブックを持っていた。お互い似たような格好をしていたので、自然に笑いが込み上げ、すぐに打ち解けてしまった。

「西条さんと、こんな所で会えるなんて夢みたいだな」

「まあ、私の名前、知ってたの？」

驚いた顔をして、くすりと瑠理は無邪気に笑った。

「やっぱり海はいいね」

「でも、海を描くって難しいのよ」

そんな話をしながら、二人でベンチに腰掛け、スケッチブックを開いて、景色を描いたり、自分たちの夢を語り合った。

それからは大学で会っても話をするようになり、ますます交際が深まると共に、佐山は彼女のアパートにも出入りするようになった。


内海は芸術に苦労は付き物だ…とまだ熱弁をふるっている。

「なあ、そうだろう…?」

その問い掛けに、佐山は夢から覚めたような顔をした。

「苦境が人を強くするし、芸術には必要なことかもしれないな…」

我に返った佐山は、瑠理の話題が出ないので、ほっとしながらそう言った。

「苦難の多い人生だからこそ、時には酒でも飲んで大いに語り、そして為すべきを為すことが大事なんだ…ということで、理奈ちゃんが個展を開くときは、お前も来てくれよ」

何を思ったか、内海は佐山にさりげなく言った。

「そりゃあ、もちろんだ。一番に駆け付けるよ」

佐山は真剣な顔をして頷き、理奈に視線を向けた。

「ありがとうございます。でもいつになるか、解りませんよ…」

「なーに、理奈ちゃんの実力なら、そう遠いことじゃない。俺が保証するんだから、間違いない。佐山もきっと理奈ちゃんのファンになるぞ…ハッハッハ」

内海は何度もそんなことを言って嬉しそうに笑った。取り止めのない話に座が賑わい、時の経つのも忘れ、酒を飲み夜も更けていった。


その料亭を出たときはもう十時を回っていた。内海は奥さんの実家が都内にあるというので、通りでタクシーを拾った。

「東京に来てまで、女房に監視されているようで叶わんよ。じゃあ、また、あした…」

不平をこぼしながら、内海はさっさと行ってしまった。

二人きりにしてやろうという内海の気配りを佐山は感じていた。確かに理奈も別れ難い様子だった。

「どうですか。もう一軒寄っていきませんか」

佐山は何気なく訊いてみた。

「そうですね。いいんですか」

「内海と違って、明日の朝ものんびりできるんです。お茶がいいかな、それともお酒でいいの？」

「もう少し、お酒を飲みたい気分なんです」

理奈は明るく答えた。やはり気を使っていたのか、飲み足りなかったようだ。

「それじゃあ、そこの居酒屋でいいかな？」

さっきの料亭の並びに居酒屋があった。慣れない東京ではバーやスナックより安心だと佐山は思った。居酒屋に入ると、中は多くの客で賑わっている。カウンターもあるが、ちょうど空いてる席があったので、そこに座った。

「けっこう混んでいますね」

真向かいに座った理奈は、そう言って店内を眺めた。一段と華やいで見える理奈に見取れているところに女店員が来て注文を訊いた。

「ところで、何がいいかな？」

「私、酎杯が飲みたいんです。それから焼き鳥、食べたいな」

と言って、理奈は首をすくめた。

「じゃあ、私もそれにしよう。酎杯二つに後は焼鳥をお願いします」

女店員は紙に書いて、一礼して厨房の方へ行った。

「みんな楽しそうですね」

理奈は回りに視線を送り、それから佐山をしげしげと見つめた。

「週末だし、気分もリラックスしているみたいだね。もっとも私もそうだが…」

そう言いながら、佐山は何を訊かれるのかと落ち着かなかった。

「佐山さんは大学にお勤めになって、何年になるんですか」

「ああ、かれこれもう三十二年になるかな」

「あっ、そうか。私の母と同じ年の卒業ですものね」

と、口に手をあてて笑った。

「理奈さんは今いくつ?」

「私、まもなく三十二歳になります…」

三十二歳と聞いて、佐山は何か引っ掛かりを感じながら、女盛りを迎え、大人びた理奈を改めて眩しそうに見た。

そこに酎杯と焼鳥を持った女店員があらわれ、会話がとぎれた。改めて乾杯し、早速、二人は焼鳥を口にした。

「焼鳥おいしいね」

「ええ、とてもおいしいわ。私、焼鳥、食べるの久しぶりなんです」

理奈は嬉しそうにうなずいた。佐山もほっとした気分になったが、さっきの引っ掛かりが気になった。

「ところで、お母さんは病気だったの？」

思い出したように佐山は問い掛けた。

「はい、そうです。ちょっと重い病気だったんです。実は病床で、父は生きているかもしれないと言ったんです。父は私が赤ちゃんの頃、亡くなったと聞いていました。母と私を捨てて逃げて、すぐに亡くなったんだと、その頃はそう言っていました。そして、それ以上は何も教えてはくれなかったんです」

酎杯を飲む手を休め、話す理奈の眼がうるんでいた。

「ごめんね。辛いことを話させて…」

佐山は慌てて謝った。

「そんなことはありません。あのー、それでちょっと見てほしい物があるんです。母の遺品の中から佐山さんの手紙が出てきたんです」

理奈は手元の黒いバックから薄茶色に変色した古い封書を取り出し、佐山に渡した。

「あっ、これは確かに私が出した手紙です」

佐山は潔く認めた。

「それが最後の手紙だったみたいです」

忘れもしない。大学に勤めた年の夏休みの頃、したためた別れの手紙だった。瑠理は夏休みには佐山と会えるものと思っていたのかもしれない。すると、その頃すでにこの理奈が、瑠理のおなかにいたのか。もしかして理奈は私の娘…？　佐山は軽い眩暈を覚えた。

「間違いありません。私が書いたものです」

中を読み、そう言って、理奈の顔を恐る恐る見た。理奈も佐山の顔をじっと見ている。

「失礼ですが、もしかして佐山さんは私の父なんでしょうか」

不安そうな顔をしながら理奈は尋ねた。

「信じられないと言ったら悪いが、学生時代に付き合っていたのは私だから、そういうことになるかもしれないね。男らしくない言い方で申し訳ないが…」

「謝らなくていいんです。嬉しいんです。母も東北の方で先生をしているはずだと言っていました。ただ相手の迷惑になるから探すようなことをしては駄目だと言われました。私こそ、ごめんなさい」

「もしこの事が本当なら、これからどうしたらいいのかな？」

佐山は正直、戸惑っていた。

「心配しないで下さい。他言はしません…ただあなたが私を娘と認めてくれればそれでいいんです」

今までの話が本当なら弁解の余地はなかった。瑠理はなぜ知らせてくれなかったのか。手紙が届いた頃はもう産むしかない時期だったのか。

「すると瑠理さんは君を一人で育てたんだね。苦労したんだろうな」

余りに唐突なことで、佐山は言葉に詰まった。

「母は静岡の中学で美術を教えていました。祖父母が私の面倒を見てくれたので、それほど寂しい思いをしたことはありません。母も弱音を吐いたことはありませんでしたよ」

理奈は気丈に言って微笑んだ。

おそらく瑠理は、もう付き合っている女性がいるなどと書いた佐山の無神経さが許せなかったのだろう。佐山も卒業後はアルバイトでもしながら、瑠理と画家を目指そうと考えていたことは確かだった。しかし現実はそう甘いものではなく、結果的に佐山は、郷里で仕事に就きながら画家を目指すという無難な道を選んだのだ。

「本当に知らなかったんですよ。理奈さん許して下さい」

佐山はただ謝るしかなかった。

「今更、責任なんて考えないで下さい…ただ父親らしき人がこの世にいるというだけで嬉しいんです。会えるなんて思っていませんでしたから…」

いつの間にか理奈の眼に涙が光っていた。

「次いつ会えるか解らんが、個展を開くとき知らせて下さい。飛んで来ますよ」

佐山も眼に涙を浮かべながら、理奈に微笑みかけた。

「ええっ、頑張りますわ。内海先生の次の個展はまた五年後ぐらいでしょうから、私はそれよりも、もっと早く開けるように精を出します。これ、私の住所です。たまにはお手紙くださいね」

理奈は自分の手作りの名刺を差し出した。

「筆無精だが心掛けるよ。これは私の名刺だけど受け取ってくれる」

「まあ、嬉しい。私は教え子を装って大学の方に出しますわ」

理奈は悪戯っぽい表情を見せて笑った。

居酒屋を出た後、理奈は佐山に、明日は朝からアルバイトが入っているので、残念だけど会えないとに告げた。

「そうか、仕事なら仕方ないね。ホテルはあっちだし、ここで別れるしかないか…」

佐山の泊まるホテルが駅とは反対方向と知ると、理奈はちょっとがっかりした表情をみせた。

「それでは、またお会いできる日を楽しみにしていますね」

気を取り直した理奈は笑顔を見せながら佐山の手を握った。それから有楽町駅へ向かって、泣き顔を隠すように足早に歩いて行った。

「理奈、元気でな」

佐山はその場にしばらく立ち尽くしていたが、思わず叫んだ。

「おとう様もお元気で！　ありがとう」

振り向いた理奈もそう叫んだ。そして口を手で押さえ、むせび泣くような仕草のまま駆けて行った。佐山はその寂しそうな後姿を眺めながら理奈に愛しさを感じていた。


翌朝、佐山は九時頃起き、ホテルで軽い朝食を済ませ、内海の個展会場に顔を出したときには十時を回っていた。すでに内海は数人の来観者と話をしていた。佐山に気付いた内海は、ちょっと手を上げニヤリと笑った。

佐山はそんな内海に真顔でうなずき、昨日、見落した物はなかったかなどと考えながら奥の方へと進んで行った。以前の個展より技量的にも熟練の域に達し、さらに多彩な作品が増えている点でも心境が一段と進展していることを改めて感じさせられた。

内海は学生時代、卒業後は美術の教師にでもなるよと惚けていたが、なんの風の吹き回しか、山口県の萩まで足を延ばし、年齢を偽ってまでして萩焼の窯元に弟子入りをした兵《つわもの》だった。

本格的に萩焼を始めたのは他の陶芸家より少し遅いが、十数年前から毎年のように賞を取っている。九州・山口陶芸展や日本現代工芸美術展では何度も入選している。最近では国際陶芸展でも入選し、その力量は高く評価されるまでになった。

登り窯での創作は年に何度もやれるものではなく、さらに萩焼の場合は、一昼夜二十四時間から二十六時間もかかると言われている。徹夜の過酷な作業が続くため、協力者がいなければできないことや作品を百個造ったからと言って、物になるのは数えるくらいだということなど、その創作の苦労を聞いて驚いたこともあった。

食い入るように見ているうちに、昨日も気になった灰被手桶花入の所で足が止まった。昨日は灰を被った荒々しさばかりが眼に付いたが、きょうは気のせいかその力作の凄さだけでなく、温もりや優しさまでが感じられた。何故だろうと考えていると、内海が笑いながら佐山の所に歩いてきた。

「やあ、昨夜は大分飲んだが、ゆっくり眠れたか」

佐山の顔をしげしげ見ながら、内海が言った。

「なんだ…あれだけ飲んだのにピンピンしてるな」

「そりゃあ、お前とは鍛え方が違うんだ。ところで、きょうはゆっくりできるんだろう」

「いや、そのつもりだったんだが、もう少ししたら、お暇《いとま》するよ。急ぐ用事はないが、のんびりできる気分でもないんだ…ちょっと大変な事が解ったんだ」

「そうか…それでどうかしたのか」

「実は昨夜、理奈さんが俺の娘らしいと言うことが解ったんだ」

「なにー、お前も相当の悪だな。もっとも、俺は何かあるなとは思っていたんだ。どこか彼女、お前にも似てるよ。それにしても今まで知らなかったとはひどい話だな」

「この個展で会うなど、夢にも思っていなかったよ」

「お前、俺に感謝せんとな。しかし、解らんもんだな。お前の人生、やっぱり灰被りみたいだな」

「この灰被手桶花入…なかなかいいな」

内海の言葉に佐山も笑いながら、また灰被手桶花入に眼をやった。足元に灰をまぶしたような模様を見せながら、全体としては濃淡のピンク色に染まり、すっくと立っている。

「焼物も芸術である以上、美の追求が究極の目的なんだ。しかし美にもいろいろあって、ただ美しいという孤高の美と、回りの醜さゆえ美しく見える美醜の美もある。この灰被りなどはその代表格だが、年月と共に色を変える『萩の七化け』なども、まさにそういうものかもしれんなあ」

「美醜の美か。なかなか上手いことを言うな。人の一生もそうかもしれないな…俺の人生ももう美しくなくていいよ。灰にまみれて生きていくよ。それがせめてもの償《つぐな》いになればいいが…」

「償いか？　変わったな…きょうのお前、いい顔してるよ」

内海の屈託のない笑顔を見て、佐山も笑った。内海への感謝の気持を込め、佐山は眼の前の灰被手桶花入の購入予約をした。

「じゃあ、よろしくな。他の客にやるなよ」

「おお、まかしとけ。でも悪いな。安月給なんだろう…ハッハッハ」

そんな冗談を言いながらも、内海は別れを惜しんでくれた。

「東北の復興もまだまだ厳しいだろうが、なんとか克服する手立てはあるはずだよ。自然災害は手ごわいが、教訓を生かし、人々が安心して暮らせる町造りが叶うことを願っているよ」

「うん、ありがとう。早くそうなってもらいたいものだよ」

佐山はじゃあ、また会おうと言って、内海の手を堅く握り、ボストンバッグを手にした。そして名残惜しそうに立ち尽くす内海に何度も手を振り会場を後にした。

帰りの新幹線は日曜日とあって少し混み合っていたが、幸い座ることができた。岩手に近付くにつれ、色濃くなる紅葉の山々は昨日にも増して美しかった。

佐山の脳裏に、妖艶な壺や茶碗そして灰被手桶花入などの作品と一緒に理奈の姿が浮んできた。彼女もまた日々いろいろな仕事をしながら芸術を志す一人なのだ。若い時代、佐山も大学の仕事の傍ら、芸術家を目指した時期があった。しかし、いつの頃からか忙しさにかまけ、それすら忘れかけていた。そんな物思いに耽りながら、今、自分の心の裡に理奈がいることを感じていた。

新幹線を降り、盛岡駅前の広場に立ったとき、佐山は沐浴の旅が終ったことを実感した。

待っているのは現実だった。しかし今の佐山は自分の胸を吹く風がなぜか新鮮なものに思えた。

　家族のこともあまり気に病むことはやめよう…輪廻は巡るとも言うが、悩んでいる香穂を責めてはなるまいと佐山は思った。

　まずは自分自身が迷いながらも苦しみながらも、理奈を見守りつつ夢の実現に向けて、生きていかなければならないのだ…そうやって生きていくことが、過去の過ちへのせめてもの償いになることを佐山は心の底から祈っていた。

　休日のため、駅前の広場はバスを待つ人々が長い列を作っている。その人混みを避け、家路を急ごうと佐山は確かな足取りでタクシー乗場へと向かった。


（了）

（平成十九年　岩手芸術祭　小説部門佳作）

291　淡紅の灰被花入（萩焼き作陶展）

夕化粧

幕末のころ、飢饉や一揆そして御政道の改革の失敗が尾を引き、幕府の財政難は深刻であった。物価が高騰し、江戸の人々の暮らし向きは厳しいものだった。

風紀や思想上の取締りも加わり、京都のみならず江戸でも激しい攘夷《じょうい》の嵐が吹き荒れていた。開国論者とそれに対抗する者との凄まじい衝突で、命を落とす者も絶えなかった。

そんな中、巨大な外国船の出没は江戸の人々を震撼させた。幕府の統率力が弱まる一方で、地方の雄藩は力づき、方々から脱藩者も含め、江戸や京都に腕に覚えのある者や一獲千金を狙う者たちがぞくぞくと詰め掛けていた。

そういう人々に混じり、朝霧瑛之進が江戸に出てきて、まもなく三年が経とうとしている。瑛之進は脱藩者ではなく、親や藩の許しを得て来ている。江戸でも千葉道場や桃井道場などの大道場に引けを取らない桐山虎太郎の道場の内弟子となって、修業の日々を送っていた。桐山道場は直心影流の名門である。

瑛之進は南部藩の出身で、父親は城下でも指折りの道場を持ち、多くの門人を育成している。

「どうだ、ちょっと江戸にでも行って、修業してみんか。外の空気を吸うのもいいもんじゃ」

瑛之進がある日、晩酌の相手をしている時、父親の栄五郎が言った言葉であった。

「よろしいのでしょうか」

瑛之進は感激のあまり、眼に涙を溜めて言った。

「まあ、二、三年もやって帰ってこい。瑛之進が江戸で修業をしてきたともなりゃあ、箔が付いて、この道場もますます繁盛するだろう。はっはっは…」

冗談まじりに言って、父親は豪快に笑った。

瑛之進は父親の道場で十九歳までみっちり仕込まれ、六尺に近い上背と稽古三昧のお陰で、一角の腕前を持つまでになった。顔つきも精悍さを増し、父親も近い将来、道場を継がせる気でいたが、ここ一、二年、稽古に身が入っていないことに気付いていた。瑛之進自身、自分の将来を思う年頃に差し掛かり、正直悩んでいた。そんな瑛之進の心を察するかのように、父親が藩に願い出ると共に、栄五郎自身が若い頃、修業した桐山道場の世話になる手筈を整えてくれたのだ。

早朝からの稽古、午後は出稽古、夜は蘭学などの学問も学んでいる。『直心』の名の通り『剣は心が伴わなければ本物ではない。学問や座禅を怠ってはならない』と師匠の虎太郎は他の門弟にも日頃から教示していた。その教えに従い、瑛之進は休む暇なく、毎日、剣術と学問の修業に打ち込んでいた。剣術の方は恵まれた素質も手伝い、この三年間でさらに研磨され、めきめき腕を上げていた。

悩みと言えば、色気を増している道場の娘のお弓が気になることだった。他の門弟たちの眼もあるし、修業の妨げにもなると、自らを戒め、極力、距離を置くように心掛けていた。しかし、二歳下のお弓は頓着せず、兄か親しい友だちのように気軽に振る舞っている。もっとも若い門弟の中には高嶺の花ながら、お弓に見取れている者もいた。それも仕方のないことと思いつつ、瑛之進には気がかりであった。

稽古中は防具を付けているので、お弓の顔は見えないが、女の体付きは一目で解るし、豊かな胸をしていることや後姿も均整が取れていて、肉付きの良さを伺わせた。

季節も春めき、外の空気もなごんできていた。江戸の冬の寒さは陸奥の厳寒の冬と違い、瑛之進にとっては苦痛ではなかった。道場を流れる空気もゆるみ、門弟たちは汗まみれである。

午前の稽古が終り、瑛之進はお弓の弟の隼太と、井戸端でざぶんざぶんと顔や上半身を洗っていた。隼太はお弓より三歳下で、おっとりとした顔ながら背も高く、強靭な体をしている。

手ぬぐいを絞り、体を拭いていると、すでに着物姿になったお弓が微笑みながら二人のそばに来た。

「まだ、洗ってるの。遅いのね」

汗ばんだ体を包んだ襦袢がちらりと見えている。その上に花模様の着物をまとい、艶っぽいお弓の姿が瑛之進には眩しかった。

「何をじろじろ見てるの…」

わざとお弓は瑛之進を睨んだ。

「その着物があまりに綺麗なので…」

いつも瑛之進はやりこめられるので慣れっこだが、その度、内心ドキッとする。

「本当に着物だけなの?」

「いえ…別に…」

そう言いながら、瑛之進は何食わぬ顔をして答えた。しかしお弓の男心を見通すような女の眼の怖さをときどき感じさせられる。思えばお弓はもう二十歳だ。これだけの美貌なら、どこかに嫁いでいても不思議はない。何か嫁に行けない訳でもあるのか、瑛之進もいろいろ噂は耳にしたが、定かではなかった。

「私は綺麗じゃないの」

「そんなことはないですよ。姉様も綺麗です。ねえ、瑛之進さん」

気をきかせて隼太が答えた。

「隼太になんか、訊いてませんよ。瑛之進さまに訊いているのよ」

お弓は、困った顔をしている瑛之進の方をじっとみつめた。

「もちろん…拙者もそう思う…」

「そうなら、そうと素直に言えばいいのよ。さあ、二人共、お昼だから、早くいらっしゃい」

勝ち誇ったような後姿を見せて、お弓は中に入ってしまった。

「瑛之進さんは剣術は強いけど、姉様には弱いよな。いつも一本取られてしまう」

「きょうも、やられたな」

瑛之進は頭を掻く仕草をして笑った。隼太も思わず笑ってしまった。言葉はきついが、心根の優しいお弓を瑛之心は気に入っていた。それにあんな美しい顔に似ず、お弓の剣の腕はなかなかのもので、筋は争えないと瑛之進も舌を巻くことがある。しかし、共に稽古で汗を流し、ときには手合わせができるのも楽しみであった。

お弓や隼太、そして多くの門弟たちと過ごした三年の歳月。そろそろ、帰郷も考えなければならず、それを思うと辛かった。

蘭学の学問を忌む者もいたが、師匠の虎太郎が進歩的な考えを持つ人物だったことが幸いし、瑛之進の学問への情熱は衰えなかった。と言って、時代がどのように変わっていくのか、そして自分はこれからどうしたらよいのかという難問が解かれたわけではなかった。その迷いの中で、瑛之進は一日一度は、沈思黙考しながら座禅を組んでいた。

連日の激しい稽古のほかに、年に何回かは申し合いの稽古試合があり、思い悩んでいる暇もなくその日が近づいていた。瑛之進と隼太が次の申し試合を受けることになっていた。『直心影流』は、実戦を重んじる流派なので、稽古試合と言えど、その厳しさは想像を絶するものだった。実際、それに耐えた者は数少ない。

当日の朝、早めに起きた瑛之進は道場で一人、素振りをしていた。そこにお弓に伴われ隼太がやって来た。すでに胴着に着替えている。

「おはようございます」

お弓と隼太が、一緒に挨拶をした。

「やあ、隼太もお弓さんも早いですね」

瑛之進は少し驚いた表情を見せて、軽く会釈をした。

「姉様は心配症だから、嫌になるよ。朝からうるさいんです」

「何、言ってるの。寝坊するくせに」

もう姉弟の喧嘩が始まっているが、瑛之進と同じく、母を早くに亡くしたお弓は隼太の母親がわりみたいなものだった。心の中では弟を案じているのだが、そのことを顔に出さず、厳しく接している。

お弓たちは子供の頃に母を病で亡くしたというが、瑛之進も江戸に来る数年前にやはり病で母を亡くしている。

「早く、隼太も素振りをしなさい。そして、きょうの申し合いの試合を立派にやり抜く心得を、瑛之進さまに教えてもらいなさい」

「わかっているよ。姉様は朝餉の準備があるんじゃないの」

「あっ、そうだった。いけない…」

お弓は、口に手をやり、足早に道場を出て行った。

「さあ、少しやるか」

瑛之進は、隼太に笑いかけて、また素振りを続けた。隼太も並んで掛け声を掛けながら、素振りを始めた。

素振りの後、朝の陽射しの中、二人は軽い朝餉を済ませた。それから胴着の上に防具をつけ、瑛之進と隼太は道場に向かった。すでに道場には、塾頭の片山鉄之助、そして額に白い鉢巻きをし、防具をつけた五名の高弟と数十名の門弟が勢揃いしている。

瑛之進と隼太は緊張の面持ちで黙礼し、道場に入った。しばらくして師匠の虎太郎が姿を現した。その後から胴着に袴姿のお弓が顔を伏せるように会釈をして入って来た。

正面に虎太郎が端座するや、道場に静座している門弟たちに軽くうなずき、口を開いた。

「本日の申し合いの試合はあくまでも稽古の一環であり、勝ち負けにはこだわらないが、死力を尽くし戦うことが肝心じゃ。世の中がどんなに変わっても武道の神髄は変らぬものと心得よ。それは人の生きる道も同じじゃ。何ゆえ、このような辛い修業をするのか、今一度とくと考えよ。今や、わが国は異国とのいくさすら懸念される時を迎え、油断のならぬ時勢となっている。一人一人の精進こそが国を救うことにもなるのじゃ。本日は、そのことを念頭に置き、いどむ者もいどまれる者も心して臨め。良いか」

「はい！」

門弟たちの声が道場にこだました。

「一同、礼！」

塾頭の片山鉄之助の声が響き、門弟たちは正面の師匠に向かって礼をした。

「それでは、始めるぞ！」

塾頭が瑛之進と隼太の方に目配せをした。瑛之進と隼太は落ち着きはらった顔付きで、防具の面をかぶり竹刀を手にした。最初に挑む高弟たちも支度をして立ち上がった。

時を一刻ぐらいにくぎり、午前、午後と五人の高弟と腕の立つ何人かが、一人ずつ瑛之進と隼太の二人に挑んでいく。

稽古試合の間の休みは水を飲む程度で、昼は粥をすすったりもするが、あとはほとんど休みなしで行なわれる。午前中はまだ感覚がはっきりしているから、相手の動きなどにも対応できるが、午後になると、激しい打ち込みが続き防御で精一杯となる。攻撃していくには気力だけが頼りだ。汗が吹き出て思考が止まり、息も苦しくなる。

しかし、息吹きの極意一つを身に付けることで戦い続けることができる。間合いの取り方も個々人、異なるが、『心、技、躰』そのすべての技量を身に付けなければ、いかに塾頭に次ぐ腕を持つ瑛之進や高弟並の隼太とて、いつかは床に叩きのめされてしまう。

陽射しが弱まり、夕方の気配が感じられ、激しい打ち合いの稽古試合も終りが近づいてきているようであった。瑛之進も隼太も動きが鈍くなってはいるが持ちこたえていた。誰もがふたりとも成し遂げるだろうと思い始めていた。

しかし思いもかけぬ事態が出来《しゅったい》した。隼太が、あと一人というところで、若さでいきり立つ高弟の立浪建郎の猛攻撃を受け、床に倒れ込んでしまった。瑛之進をそれを目の当たりにしながら、自分よりもお弓のことが気になった。

お弓は気丈にも顔色ひとつ変えず、倒れたままの弟の隼太をじっと見ていた。瑛之進には、お弓の心の裡が解るだけに心が痛んだ。

すぐに門弟たちが駆け寄り介抱したが、お弓と師匠の虎太郎は微動だにしなかった。

動きの止まった瑛之進と腕のたつ高弟の一人、野晒河之介は再び激しい打ち合いとなった。年の頃は瑛之進より少し上の河之介は、荒っぽい剣術の使い手である。瑛之進はよろめきながらも余裕があった。今にも倒れそうな素振りを見せながら反撃した。内なる声に従い、自らの力を信じて『身を捨ててこそ、浮かぶ瀬もあり』の譬えにも通じる心境であった。しかしそれを邪心と見た者が一人いた。それは師匠の虎太郎であった。師匠の手が上がった。

「やめーい」

師匠の動作に気づいた塾頭の鉄之助が、驚いた顔をして制止した。

「自信と慢心は紙一重じゃ。真剣勝負ならいざ知らず、瑛之進の剣さばきには邪心が見られた。兵法は自分の身を守る上で必要なものではある。しかし本日はあくまでも稽古試合である。お互いの腕を競い合い、技を磨くためのもの…それを会得しなければ、本日の稽古試合に何の意義があろう」

虎太郎は道場に降り立ち、瑛之進を叱った。息を吹き返した隼太も何ごとが起きたのかと眼をぱちくりさせている。

「ふむ、まずは良かろう。生き延びるためには兵法も必要なものじゃ。が、人は何ゆえ戦ってまで生きねばならぬものなのか…兵法も良いが、それが解ってからでないとのう。はっはっは」

そう言いながら虎太郎は師範席に戻った。整然と並んだ門弟を前に虎太郎は改めて声を張り上げ話し出した。

「本日はご苦労じゃった。瑛之進も隼太もようやった。そして皆もよう戦ってくれた。身を守るための剣術ではあるが、己を強くするということは、果てしのない山道を登るようなものじゃ。誰もが免許皆伝は欲しかろう。しかし、そんなものにこだわってはならぬ。心、技、躰のいずれも大事じゃが、特にも、心のない剣は邪剣となり、いつかは自分をも滅ぼしてしまうであろう。心法の至れる所をもって皆伝と為すことを信じて励むのじゃ。よいか…では本日はこれまで」

「一同、礼！」

塾頭の声が響き、一斉に皆、礼をした。門弟たちは、無事終った開放感からか、朗らかに出て行った。中には大声で話している者もいる。しかし、瑛之進にはそのようなゆとりはなかった。きょうの申し試合をやり遂げ、免許皆伝を得たいとまで考えていたからだ。それも叶わず、師匠の怒りに触れた己の至らなさが瑛之進には無念でならなかった。それにしても何ゆえあそこまで責められねばならなかったか、師匠の真意すら瑛之進には解くことができなかった。

「瑛之進さん、さあ井戸端に行って、顔を洗いましょう」

道場の戸口で隼太が叫んでいる声に、はっとしながら瑛之進は顔を上げた。

「夕餉もすぐですよ」

そう言って、そばでお弓も微笑んでいる。二人のにこやかな表情を見て、瑛之進はやっと気を取り直し、「ふー」と溜息を付き、心身共に疲れ果てながらも立ち上がった。


申し合いの稽古試合が終り、道場ではいつものように稽古が行われていた。気のせいか稽古試合の後、門弟たちの目付きも変わり、真剣さも伝わってきた。

師匠と塾頭は大名屋敷の代稽古のため道場を開ける日が多くなった。瑛之進と隼太は出稽古には行かず、高弟たちと留守を守り、門弟たちと稽古をしていた。

そのことはいいのだが、瑛之進には最近とみに気になることがあった。瑛之進がこの道場を離れがたい理由の一つだった。もちろん、お弓への未練もあったが、それよりも一町ほどしか離れていない雷門道場との諍《いさか》いがどうにも心配でならなかった。

桐山道場が昔ながらの由緒ある道場であるのに対し、振興の雷門龍三郎道場は、看板だけは鏡明新影流と称しているが、他の道場の型や桐山道場の流儀を真似たりして新影流とまで名乗っている。

そして自分たちが本家本元だと言って、桐山道場の門弟を横取りしたり、いろいろな嫌がらせするのだった。近くを通ったお弓が危うく雷門道場に連れ込まれそうになったこともあった。

年々、美しくなるお弓に眼を付けていることや、大名屋敷から代稽古の声のかかる桐山道場を妬んでいるとの噂もあり、雷門道場とはくれぐれも事を起こさぬように心していた。それで師匠と塾頭のどちらかは、なるべく道場に居残るように算段し、代わる代わる出かけていた。

しかし春の陽気が続く頃、思いもよらず、桐山道場に二つの大名屋敷から同時に声がかかった。義理もあり断るわけにもいかず、師匠の虎太郎と塾頭の鉄之助はそれぞれの大名屋敷に出かけて行った。

それを何処で聞いたか、その日をねらったように雷門道場の塾頭が弟子二人を連れてやって来た。二人の弟子はまだ若いが、その塾頭は網川弾衛門と名乗り、四十代半ばであろうか、浅黒く厳つい顔付きをしている。

「わしは、すぐそこの雷門道場で塾頭をしておる者だ。通りかかった序でに寄ったまでだが、せっかくだから一手ご教授願いたいと思ってな」

「あいにくと、わが道場の師匠も塾頭も不在ですので後日、改めてお来し下さい」

取り次ぎに出た高弟の中で一番若い立浪建郎は、機嫌を損ねないように丁重に断った。瑛之進をはじめ隼太も門弟たちも心配げな顔をして、近くで聞き耳を立てていた。お弓もいつの間にか瑛之進のそばに来て、不安そうな表情をみせている。

「何ご不在と言っても、ご子息の隼太殿がおられるではないか。それにご息女のお弓殿も凄腕らしいのう。あんないい女と一度、手合せしたいものだな。とにかく少しぐらい教授できぬことはあるまい」

網川はニヤリと笑って皮肉を言った。

「しかし、他流試合は止められておりますので…」

「他流ではあるまい。同じ影流ではないか。ふん、それとも何か。わしらでは銭にならんか。そう言えば、ここの師匠は大名屋敷を代稽古で回って、大層銭を稼いでいるらしいのう。いい気なもんだな。道場を門弟に任せておいて、お相手できぬなどと、ぬかすのか」

ますます声高に虎太郎への雑言まで口走った。

「決して銭のため、断っているのではありません。とにかく師匠がおりませんので、きょうのところは何とか、お引き取りを…」

困った顔で、建郎は何度も頭を下げた。

「銭儲けのことばかりではないわい。聞くところによると、ここの道場の門弟には、蘭学をやっている者がおるそうだな。道理で異国臭がプンプンしておるわい。それで皆、腰抜けなんだな。異国臭の銭稼ぎ道場と…そう言い触らしていいのだな」

言いたい放題の悪態をついて、網川は建郎に食ってかかった。

「もう、我慢がならぬ」

隼太も瑛之進と蘭学を学びに行っている身、異国臭の腰抜けなどと暴言まで吐かれ、今までじりじりしていたが、堪り兼ねて出て行こうとした。そこを瑛之進が慌てて止めた。

そして自分が道場から表に出て行った。

「そこまで申されるのであれば、未熟ではありますが、拙者がお相手致しましょう。朝霧瑛之進と申します」

　綱川の前に進み出た瑛之進はそう告げた。師匠を愚弄し、自分たちを腰抜けと言った綱川をもはや許すわけにはいかなかった。

「聞いておるぞ。おぬしも相当の使い手らしいな。楽しみじゃな」

　そう言いながら、綱川はわらじを脱ぎ、遠慮なくどんどん中に入った。そして、道場の中央に仁王立ちになり、門人たちを睨み付けた。綱川は堂々たる体躯をし、眼を吊り上げ、太い眉毛に凄味をきかせている。綱川の弟子たちも後に続いて入り、憮然とした態度で道場の上座に座り込んだ。

「どうぞ、竹刀をお使い下さい」

　瑛之進は門弟の一人に竹刀を持って来させた。

「何が竹刀だ。そんな物はいらん。いくさ場で、おぬしたちはそんな物で戦うのか。この腰の物は伊達ではないぞ。わしはいくさ場で、今まで何人も斬っておる」

　そう言うなり、綱川は真剣をすらりと抜いた。思いもかけぬことに、さすがの瑛之進も驚きを隠せなかった。

「お待ちください。真剣は困ります」

瑛之進は手で制した。居合で真剣を使ったことはあるが、実際に戦ったことはなかった。

「おじけづいたか。異国臭め。異国では女は皆、胸元をあらわにして暮らしておるとか。毎晩、お弓の裸の夢でも見ておるんだろう。ふん…どうせ、お弓はもう生娘ではあるまい」

網川はますます勢いづき、謎めいた毒舌まで吐いた。瑛之進は顔を熱くして、じっと耐えていたが、もはや許し難いものだった。道場やぶりに使う堅い樫の木でつくった木刀を持ってこさせた。

「わしのは真剣じゃぞ。そんな木の棒でよいのか。もっとも竹刀よりは良かろうが…はっはっ」

網川は不敵な笑いをみせ、真剣を斜め下段に構えた。

「それでは、いざ!」

間に入った高弟の野晒河之介が声をかけた。道場のざわめきが消え、シーンと静まりかえった。

相手が真剣となれば、激しい打ち合いは避けねばなるまいと瑛之進は思った。長引けば自分が不利になるだろう。

瑛之進は冷静さを取り戻し、軽く礼をして、木刀を中段に構え、正面の網川を見据えた。

「ふん、真剣の怖さをみせてやるぞ」

形相を変えた網川は猛然と刀を振り回し、斬り付けて来た。型も何もあったものではないが、斬られたら終りである。瑛之進は攻撃をかわしながら、網川の動きを見ていた。幸い網川の剣法がザツだったからよいが、これが師匠の虎太郎相手なら、一刀両断に斬られていたであろう。

道場の端から端まで移動し、再び中央に戻った所で網川の息が乱れてきた。その時である。網川が上段から斬り込んで来たところをかわし、瑛之進は長身をうまく生かし、弧を描くように右上段から網川の額の辺りをしたたか打った。脳天は命の危険があるので避けたが、網川はたまらず、その場にもんどり打って倒れ、そのまま気絶したように動かなかった。

「おお、やった、やった」

道場の中がどよめいた。隼太もお弓もほっとした表情をみせている。一方、網川の弟子たちは慌てふためき、そばに駆け寄った。

「一本、技あり。それまで」

河之介の止めの声がかかった。防戦一方だった瑛之進も袖口が斬られ、汗びっしょりである。真剣の怖さを知らされる思いだった。礼をし、呼吸を整え、すぐに網川を後ろから起こした。そして、えっと活を入れた。

気が付いた網川は頭を二、三度振り、頭を抱えるようにして立ち上がった。額に血がにじみ、苦痛で顔を歪めている。それから二人の弟子に支えられ、「くそ!」と言いながら瑛之進を睨み、顔を真っ青にして、よろよろと道場の外に向かった。

「覚えていろよ。ただじゃ済まねえからな」

網川の弟子の一人が、振り向きざまに捨て台詞を吐いた。網川はもう振り向きもしなかった。

網川とその弟子たちが出ていった後、門弟たちは肩を叩き合って喜び、瑛之進を労った。瑛之進はただ頭を掻きながら、礼を言った。隼太やお弓の表情にも笑みが戻ったが、瑛之進はやはり今後のことが心配だった。いかに痛め付けたとは言え、あれくらいの事では、まだまだ懲りる雷門道場ではないだろうと思った。網川の弟子が言った捨てぜりふも、何故か不気味だった。

　昼を大分、過ぎた頃、師匠の虎太郎は駕籠で帰ってきた。すでに駕籠かきに訊いたと見え、厳しい顔付きで離れ座敷の部屋に入り、お弓と隼太がすぐに呼ばれた。もう師匠の耳に入ったとすれば、すでに近隣では噂になっているであろう。そうでなくとも何か起きそうだと、ささやかれていた矢先だったからだ。

　そう広くもない庭だが、苔むした岩の間から雑草が生え始めている。松やつつじ、竹林などがうっそうとして、向こう側の師匠の部屋から、話し声は聞こえてこない。しばらくして、お弓と隼太が部屋から出た後で瑛之進が呼ばれた。

　部屋に入ると、虎太郎は小机の脇の座布団に端座し、腕を組んで眼を閉じていた。お弓が入れたのであろうか、小机の上のお茶がいい香りを放っている。瑛之進が挨拶をして下座に座る否や、虎太郎がかっと眼を開けた。

「馬鹿者！　それがお前の兵法か。あんな者と戦ったとて何になる。勝っても負けても遺恨を残すだけではないか…」

「申し訳ありません。まさか真剣で挑んでくるとは思っていなかったもので…」

「言い訳するな。それが、いくさというものじゃ。相手の出方、心の裡が解れば、いらぬ争いもせず、血も流さずに済むのじゃ。あんな者たちには茶でも出して、半日、一日でも待たせておけばいいのじゃ。いい加減にあしらうのも兵法であろう…」

「………」

瑛之進は何も言えず、黙って下を向いていた。

「もっとも、そういうわしも若い時代であれば、お前と同じように戦っていたであろうがのう。それが若さというものじゃ。はっはっは…そこが難しいところじゃ」

虎太郎は言うだけ言って、小さくなって、かしこまっている瑛之進を見て笑った。

「お許しいただけるのでしょうか」

うつむいていた瑛之進は、顔を上げ師匠を見た。

「許すも許さぬもない。お前はお弓や隼太を守りたい一心で、真剣に立ち向かったのであろう。それは解るが…しかし人の世を生きていく限り、何が起きるか解らぬもの。悔いを残さぬように生きることは至難の業じゃ」

そう言って、虎太郎は小机の上の茶をすすった。

「師匠、これからどうすれば良いのでしょうか」

虎太郎の怒りがおさまったことに安堵しながら、瑛之進は次の言葉を待った。

「悪いのは向こうだが、その理屈の解るやからではない。仕返しも覚悟せにゃなるまい。なにしろ、やくざのような連中も出入りしている所じゃ。何をしでかすか。只では済まぬだろう…。お前も免許皆伝までもう少しというところで、残念であるが、そろそろ国元に帰ることも考えねばなるまい。お前も知っておるように、お前のおやじ殿とわしは若き日、共に剣を磨き合った仲じゃ。栄五郎殿には、よしなに伝えてくれよ…。そしてお前には、とにかく生き延びてほしいのじゃ。今、門弟たちを集めているが、それは万一に備えてのことで、争いごとはしたくない。ひとまず見舞い金の形で、それ相当の金を渡すつもりでおる」

「誠にもって申し訳ありません。こんな事になるとは…」

思案にふけるような虎太郎を見て、瑛之進は歯を食いしばった。

「まあよい。過ぎたことはどうにもならぬ。命がけで戦ったことを糧に、これからも修業に励むのじゃ。人は実戦を通して強くなるもの…それを忘れるなよ。それでじゃな、早々に旅の支度をせねばなるまい。早いほうが良かろう。お前が居なければ、道場同士の喧嘩にもならんだろう。なーに、あとの心配は無用じゃぞ…。さて、道中、日光東照宮にでも詣でて帰るがよかろう。東照公家康様に修業の報告と御礼をしてな」

「解りました。いつでも旅立てるように早々に支度をいたします」

瑛之進は改めて礼を言い、立ち上がろうとした。

「まあ待て。旅は道連れじゃ。日光の辺りまで、隼太とお弓それから立浪建郎を、護衛を兼ねて連れていけ。もっとも護衛になるかどうか解らぬが、是非にと申すものでのう。はっはっ、道中、賑やかなほうがよかろう。お弓も隼太も、母を胸の病で早くに亡くしてから、二人、力を合わせて生きてきた。二人ともお前を慕っておる。じゃまになるかもしれんが、二人の気持ちも汲んでやってくれ。路銀は各自に持たせる故、気ままに使うがよい…」

責めを覚悟の瑛之進にとって、師匠の温かい言葉であった。さらに道中手形がわりに、代稽古で出入りの会津藩から添え状を書いてもらうことや、会津藩で道場を開いている親戚にも文《ふみ》を出しておくから、安心して世話になれとの至れり尽くせりの心遣いに瑛之進の頬から涙が伝って落ちた。

部屋に戻った瑛之進の心の裡に、悔いにも似た思いが込み上げていた。今までは自分の意志で自分なりの一生を生きてきたと思っていた。しかし、きょうの出来事以来、どうにもできぬ大きな力によって、自分の運命が流されていくようでならなかった。

もうこの道場には居られなくなった。二、三日もすれば、旅立たねばなるまい。瑛之進は改めて座り直し、座禅を組み眼を閉じた。

雷門道場を刺激しないようにと、暗闇にまぎれての旅立ちとなった。師匠や主だった高弟たちとの別れの儀も済ませ、道場の外に出ると、さすがに瑛之進も気の引き締まる思いだった。

空には月が薄ぼんやりと出ているが、星はまばらで暗かった。瑛之進と隼太、立浪建郎は大小の刀をさし、荷を背中に背負っている。お弓は小刀だけを腰にさし、護身の時のみ使うことを許された刀と小さな荷を一緒に袋に入れ、肩に掛けている。道中、お弓は戦うことはしないと、父と約束していた。若衆姿の出で立ちだが、やはり色っぽさは抜けず、夕化粧の妖しい香りすら漂っていた。

「みんな、すまんな。こんな寂しい旅立ちで…」

瑛之進は辺りを用心深く見回し、小声で言った。

「何を言うんですか。いらぬ争いで怪我人を出さないためですよ。あいつらの方がよほど腰抜けだ」

そう言って、立浪建郎は雷門道場の方に眼をやった。

「そうですよ。銭をやったら、おとなしくなったみたいです。奴らこそ銭が欲しかったんですよ」

「いけません。そんな悪口を言って…壁に耳ありですよ」

お弓は隼太をたしなめた。

「だって姉様、ここは外ですよ」

「なおさらです。それにどこで誰が見ているか解らないのですよ」

「これだけ暗いんだから、大丈夫です。姉様」

「もう姉様と言ってはだめです。隼太も建郎殿も気を許してはなりませんよ。さあ、瑛之進さま、参りましょう」

そう言って、お弓は雷門道場とは反対の方角に瑛之進と歩き始めた。瑛之進は同行する三人の無邪気な話を聞いて、心の裡にほのかな明りが点る思いがした。

大枚を手にし、雷門龍三郎は怒りを鎮めたが、綱川は恨みが増すばかりだった。表面上は平穏を保っていながらも、まだまだ不穏な動きは否めず、油断はできなかった。

江戸を出て、日光街道は昼夜兼行の日もあったが、宿で休息を取りながらの道中は穏やかなものであった。日光街道は桜の花もほころび、宿場は人で賑わっていた。お弓や隼太たちの顔も和らぎ、その笑みに瑛之進も不安が薄らいでいた。

ところが何日もしないうちに、ちょうど日光の山中にさしかかった頃、杉の大木や竹藪の影から、七、八人のやくざくずれと浪人風の連中が行く手をふさいだ。よく見ると、その中に綱川と弟子の二人がいる。

「待っていたぞ、瑛之進。逃げようとしても、そうはいかん。本当のいくさ場を見せてやる」

　怒りをあらわに網川は抜刀し、じりじり近付いて来た。

「こんな所まで、ご苦労なことだ。今度は手加減せんぞ」

　すでに瑛之進は、覚悟ができていた。間合いを測り、瑛之進は刀に手をかけ、身構えた。

　隼太と建郎は左右に別れ、お弓は一早く大木の陰に身を隠した。

　日暮れまでには、まだ間があるが、折悪しく小雨が落ちてきた。風も出て、竹藪を揺らしている。

「やっちまえ！」

　網川の一声に戦いの火蓋は切って落とされた。次々と浪人風の男達は瑛之進一人に向かって斬り込んできた。やくざ風のやからと弟子たちは、日本刀を手に、隼太と建郎の前に立ちふさがった。隼太たちが助太刀できないようにする戦法のようだ。心憎い手法だが、網川自身は瑛之進の腕前を知っているからか、向かってこようともせず、やたら煽っているだけだ。

　雨模様の山道、街道筋とは言え、人影もなく、数人の男達の殺気立つ声だけが響いていた。瑛之進は山中に誘い込み、一対一の戦法を取った。

腕の立つ浪人の一人の顔には生々しい傷跡があった。網川より上と思わせる剣さばきではあるが、瑛之進の気合に圧倒され、肩の辺りを斬られて血がしたたり落ちた。

あとの二人もふてぶてしい顔付きで、ますます気負い立ち、瑛之進に前後から斬り込んだ。しかし瑛之進は素早い動きの中で、実践流派の凄みを見せ、転変自在に応戦した。瑛之進の鋭い太刀に一人は腹の辺りを、あとの一人は背中をやられ、よろめきながら、もう逃げ腰に変っていた。

一方、隼太と建郎はやくざ風の男達と網川たちを相手にして、慣れぬ真剣にてこずっていた。すでに建郎の袖口は血に染まっている。やくざ風の男達もあちこち斬られ、荒い息を吐いていたが、瑛之進の姿を見るや、さながら野犬のように先を争い逃げて行った。

「次はもっと大勢連れてくるぞ、覚えてやがれ！」

浪人たちの姿もなく、負けいくさと悟った網川と弟子たちは、捨て台詞を吐き慌てて、その後を追うように、足を引き摺りながら小雨の中に消えて行った。

「うむ、やられたか。建郎、大丈夫か」

瑛之進は建郎の袖をまくり、傷を見た。

「何、大したことありませんよ…」

顔をしかめ、建郎は苦笑した。

「さあ、すぐに手当てしましょう。建郎殿、ここに座って下さい」

いつの間にか、駆け寄ったお弓が旅の荷から、白い布切れと膏薬を取り出し、手早く傷口の手当てをした。

「姉様はいつも備えがいいな…私をかばってこんなことに…」

心配そうにしていた隼太は、ほっとした表情をみせた。

「でもちょっと深手です。すぐ江戸に戻って、お医者様にみてもらいなさい。隼太も一緒に帰りなさい」

「えっ、姉様は帰らないのですか」

「私は日光まで、瑛之進さまの供をします。この刀をご覧なさい」

そう言って、お弓は袋の中から刀を取り出した。

「それは桐山道場に代々伝わる名刀の一振りではないか」

瑛之進は驚きの声を上げた。

「そうです。実は、日光東照宮の神殿にて瑛之進さまに渡すように、父から頼まれた物だったのです。瑛之進さまが東照公の御前にて、この名刀を手にするところを見届けなければならないのです」

お弓は、三人の顔を変る変る見た。

「師匠のお言葉なれば、やむを得ぬが…」

瑛之進は困惑しながら言った。

「やむを得ないとは何ですか。この名刀は欲しくないのですか」

「否、そうではないが…」

「はっはっ、瑛之進さんはいつも姉様にやりこめられる。建郎殿、どうやら我々は江戸に帰った方が良さそうだな」

隼太がそう言うと、建郎も意味ありげに頷いた。

「あとは隼太が手当てしてあげなさいね。さあ、早く行きなさい」

お弓はほっとした表情をみせ、膏薬と布切れを荷と一緒に隼太に渡した。そして、早く行くようにと隼太の肩をそっと押した。

「二人とも達者でな。道中、くれぐれも油断するなよ」

強いて笑う瑛之進の眼に光るものがあった。思いも寄らぬ旅となり、瑛之進は心で詫びた。来た道を戻って行く隼太と建郎は何度も振り返り、手を振った。瑛之進たちも手を振った。

二人の姿が見えなくなると、お弓は深い溜息をつき、瑛之進の顔を見た。

「瑛之進さま、これからどの道を行きますか」

「うん、山道を行ったほうが良さそうだ。明るいうちに次の宿場に着くのは無理だろう」

女連れになった瑛之進は用心のため山道を行くことにした。山の中なら隠れる所はいくらでもあると考えたが、山道は思ったより険しく、行く道も定かではなかった。二人はひたすら歩いた。しかし峠にたどり着く頃には夕闇が迫り、木の葉の揺れる音が不気味な木々のざわめきに変ってきた。疲れの見え始めたお弓を気遣いながら、周囲を見渡すと、幸い山道から少し外れた竹藪の陰に小さな小屋があった。近付いて中を覗くと人気はない。この小屋の中は、入口のすきまや小さな窓から光が差し込み、それほど暗くはなかった。この小屋は猟をやる男達の休息場所か、藁が敷いてあり、二人横になるには十分な広さである。

「ここで夜を明かすしかないだろう。お弓さんも疲れただろう」

瑛之進はお弓を思いやりながら呟いた。

「瑛之進さまこそ、おなかが空いたでしょう。お握りの残りがあります。食べましょう」

お弓はそう言って、荷をほどいた。瑛之進は水の入った竹筒を取り出し、二人は藁の束の上に腰掛け、分け合って食べた。ささやかな夕餉だった。

その後、お弓は袴をほどき、所々、濡れた着物を脱いで入口の桟に広げて干した。

「さあ、瑛之進さまのお着物も乾かしますから、脱いで下さい」

爪先を立てるようにして、お弓が振り向いた。

「ああ、拙者の着物はここの藁の上に被せるよ」

襦袢姿のお弓のしなやかな体から眼をそらすようにして、瑛之進は立ち上がり着物を脱いだ。

「まあ、いいんですか。藁が付きますよ。それじゃあ、私の着物は夜具の代わりに使いましょう」

そう言って、お弓は掛けた着物をはずして持ってきた。

「はっはっ、そうだな、寝ているうちに乾くだろう。さて寝るか」

瑛之進が先に横になった。

「もう寝るんですか。私、体を拭きますから、そちらを向いてて下さい」

お弓は襦袢をゆるめ、体を後ろ向きにして、汗ばんだ体を拭き始めた。化粧もしているのか、ほんのりと白粉の香が漂っている。

「それでは私も…」

お弓は自分の着物を瑛之進の体にも被せ、隣にそっと横になった。

「体、痛くないかな。藁がちょっと堅いようだ」

「大丈夫です…」

お弓は甘えるように瑛之進に寄り添った。ほのかな夕化粧の香の中で、女性の体を身近に感じるのは久し振りだった。隼太と一緒に二、三度、蘭学塾の帰りに武者修業と称して、遊廓に寄ったことがあるが、それ以来のことである。ふと瑛之進はお弓の温もりに触れながら、自分の経てきた日々を思った。安らぐことのなかった修業の日々、そして今度は追っ手に追われながらの旅である。

霧の煙る幽玄な山中で、こんな自分と運命を共にしようとするお弓が愛しく思われた。死闘を演じ、そして山中に身を隠し、こうやってお弓と二人こんな山小屋にいることが不思議でならなかった。

瑛之進は時折、外の気配を窺ってみたが、木々の葉を揺らす風が雫をパラパラと落とす音がするだけで、あとは静寂そのものだった。いつまでも、この平穏な時の流れに身をゆだねていたいと瑛之進は思った。しかし、しばらくしてお弓がくすっと笑いながら口を開いた。

「瑛之進さまは、私がいつも夕化粧をするので、おかしいと思ったでしょうね」

お弓は何を思ったか、そんなことを言った。

「でも仕方ないよ。道場は朝から忙しいし、午前も午後も稽古で汗を流すから…」

瑛之進には、自分の化粧の話をするお弓の女心がいじらしかった。

「知ってます？　夕化粧のことを白粉花と言う人もいるそうですよ…夏や秋に道場のあの井戸端に咲く花です。白粉花は午後に咲いて、次の日の朝にはしぼんでしまいます」

「だが、お弓さんは朝から元気ですよ」

「いやな瑛之進さま、からかってばかりね」

「そう言えば、拙者の母もあの花が好きで、庭に出て、よく眺めていましたよ。母も夕化粧をしていた気がするな」

「そうでしたの…道場の女って、白粉花みたいですね」

お弓は嬉しそうに笑った。

「はっはっ、本当にそうだな…」

そんな他愛ない話をしていたが、ちょっと寒いと言うお弓を瑛之進は優しく抱きしめた。

そして二人は少しずつ奈落の底に落ちて行った。どれだけ時が経ったか、互いの温もりで体が暖められ、瑛之進もお弓も遠くの雨音を聞きながら、いつの間にか眠ってしまった。

翌朝はまだ夜が明けぬうちの出立だった。こんな所まで、追っ手が来るとは思えぬが、用心に越したことはないと瑛之進は思った。

瑛之進とお弓はお百姓さんから、お握りや沢庵を分けてもらったり、小さな旅籠に泊ったりしながら、日光東照宮に着いたのは数日後のことだった。

杉木立や雑木が鬱蒼と茂る深山に豪華絢爛な建物が姿を現したとき、二人とも感嘆の声を上げ言葉を失った。自然と対比し、この世の物と思えぬ深淵で優雅な神社仏閣は、家康公を祭るに相応しい豪壮なものであった。

朱や黒の漆塗、金箔や胡粉をほどこした華やかな彫刻の数々を眺めながら、本殿の奥に進んだ。あちらこちらに参拝の人がいて、やはり見とれている。瑛之進とお弓に気を取られる者はいなかった。

東照公を祭る台座の前で、お弓は袋から名刀を取り出し、厳かな仕草で供え物のようにその場に置いた。

「これは父からの文です。名刀を手にする前に読むようにと…」

袋からその文を取り出し、瑛之進に渡した。

「えっ、師匠からですか」

瑛之進はそれを広げて読んだ。その中には免許皆伝を許すと書かれ、武道の心構えがしるしてあった。そしてもう一枚には追啓として『どうやらお弓はお前を好いておるようじゃ。実はお弓はお前が江戸に来る前に他家へ一度嫁いでおる。故あってすぐに戻ってきた出戻り娘じゃ。不憫な奴じゃが、もしも、えにしがあらば支えになってくれ』と言ったことが付け加えてあった。師匠の暗示めいた言葉に、そんな訳があったのかと瑛之進は驚くと共に、ますます後へは引けぬ運命の抗《あらが》いを感じていた。

「それでは、それも一緒に東照公の御前に供えましょう」

瑛之進の驚いたような表情には気付かず、お弓はその文を名刀の側に置いた。そしてうながされるまま、瑛之進も一緒に並んで手を合わせた。

「本日より心を新たにして、直心影流の名に恥じぬように修業に励む所存です…」

人生修業の中で、男にとって、女性《にょしょう》はもっとも手強い相手かもしれぬ。遊廓で武者修業していなければ狼狽えたことだろう…喜びには苦しみが付き物と思いつつ、瑛之進は心の動揺を見せず、小声でそう誓いを立てた。

「よかったですね。瑛之進さま。雷門の事がなければ、父が直接、手渡したかったのでしょうが…」

「師匠には何と言ってお礼を述べたらよいか。こんな旅になろうとは夢にも思っていなかったよ…お弓さん、ありがとう」

屈託のないお弓の顔を見ながら、瑛之進は女の情の強さを感じながらも礼を言った。

「本当におめでとうございます。父も喜んでくれると思いますよ。それで、これからどうします？　私の役目は終りましたけど」

澄まし顔で、お弓は訊いた。その表情には何の曇りもなかった。

「よかったら、拙者と共に旅を…会津のご親戚の道場で世話になり、折をみて、師匠と国元の父上に許しを得たいと思っている」

「何の許しですか」

首を傾げ、お弓は瑛之進をじっと見つめた。

「そなたを妻にすることです」

「えっ、私を…私たち夫婦になるのですか」

「うん、そういうことになるか」

「まあ、今度は私が一本取られました。それじゃあ、なってあげてもいいですよ。でも会津藩は男女の仲に殊の外きびしいと聞いています。覚悟はできてますか」

「そんなことは分かっているよ。お弓さんには叶わないな…」

二人は互いの顔を覗き込み、場所柄もあり声を押し殺すように笑った。周りに気づかいながら、瑛之進は名刀をまたお弓の袋に納め、師匠の文は自分の懐《ふところ》に入れた。本殿を出ると、山の向こうには青空が広がっている。

今や天下は動乱。幕府は浮き足立ち、世情は不安を増している。瑛之進と同じ世代の多くの若者が命がけで戦っている。これからの自分の生きる道はお弓と共に探し求めていかなければならない。

前途には予測もできない困難が待っているだろう。会津にも長居はできないかもしれない。しかし、きょうからは新たな門出…と自分に言い聞かせた。そして『邪心を捨て、無心にて修業すべし…』と師匠からの文の一節を口ずさみ、瑛之進はお弓と肩を並べ、北を目指し悠々と歩き出した。

（了）

（平成二十四年）

あとがき

私は三十余年にわたり、岩手で教師をしてきた。神経系のトラブルなどの体調不良で早期退職をし、早いもので、すでに十年の月日が経過した。教師になった理由は教師なら本を読んだり考えたりする余裕があるだろうという軽い期待があったからだ。

しかし現実はそう甘いものではなかった。それは仕事を持てば当り前のことだが、気が付けば日々いろんな出来事に翻弄されるばかりだった。教材研究はもちろん、問題の生徒との格闘、教師間の軋轢など、大きな人間の集団の中で生きていくにはそれなりの苦労があった。

三十余年の半分は中学や養護学校（現、支援学校）そして定時制で過ごし、本来、高校の教師でありながら、いろいろな経験をすることができた。悔いがないと言えば嘘になるが、人間とは悔やんだり、悩んだりすることで反省し、それをエネルギーにして成長するものなのだと思う。

かつて岩手日報に連載された五木寛之氏の『親鸞』の中に「人はなぜ苦労をしてまでも生きていかなければならないのか?」と少年時代の親鸞が自問する一節がある。そして悩める人々を救える立派な僧侶になるため、比叡山で修行の日々を送る決心をする。まだ十歳にも満たない頃であった。

人間、子供の頃の強烈な経験が人生を変えるきっかけになることは往々にしてある。私の場合は幼少の頃、重い病気で死の一歩手前まで行ったことがあるとよく父母に聞かされた体験が、のちのちの人生の生き方に影響を及ぼしている気がする。

その生死にかかわる話は、せっかく生き延びられた人生を無駄にしてはならないという思いを目覚めさせ、その後そのためにはどう生きたらよいかと常に考えるようになった。

山あり谷ありの教師生活もなんとか三十余年の歳月、勤めることができたのは、友人や同僚の先生たちの励ましのお陰だが、私は二年間の病休を経て復帰を断念し退職した。思わぬ病はやはり運命だったのだろうと解釈している。幸い命にかかわるほどの病ではなかったので、家の事をしたり（家の者は皆、仕事でいないので）好きな読書や文筆を通し、少しでも世の中に何か発信しようと、「日報論壇」や「声」そして「ばん茶せん茶」などに書かせてもらった。

そういう意味では、発信の機会を与えてくれた岩手日報社には心より感謝している。すでに購読歴三十年を越す岩手日報だが、新聞のお陰で独りよがりにもならず、孤独を感じることもなかったようだ。

四十代の頃から夏休みや冬休みを利用して、小説にも挑戦した。人はなぜ生きるのか？とか、どう生きたらよいか？　などモチーフにして書くことが多かったが、難しいテーマでもあり力不足をいつも感じていた。しかし人には人それぞれの生き方があり、年代によっても生き方は変ってくるだろうし、体調その他でも違ってくるだろう。それでよいのだと思う。

随筆賞や小説にも挑戦したのは、はしがきを書いてくれた大学時代からの友人である丸山氏（数々の受賞歴をもち、人間国宝クラスの方々とも交流をもつ程の陶芸家）から自分の腕だめしに出してみたらという勧めがあったからである。自分の文筆力のレベルが分かるだけでもいいじゃないのか…ということだった。その後、その腕だめしが日々の励みになった。

下手の横好きでもいいと思いながら、ちょっと欲が出て今回、今までの物をまとめてみようと思い立ったが、フロッピーにあるものないものや紛失した物もあり作業は極めて難航した。古い物は父母がファイルにしてくれていたのでなんとかまとめることができた。

この二十年間で「日報論壇」は十数回、「声」は五十回ほどだが、ジャンルの違いはあれ、数をしぼって入れさせてもらった。

新聞に載るといつも電話をくれた父母や年賀状などに読んだよと書いて励ましてくれた親戚や友人、知人の温かい心尽くしに心から感謝している。そして、私の作品のほとんどを読んでくれ、序文まで書いてくれた友人、丸山氏には心よりの感謝の言葉を述べたい。

平成二十八年

谷村　久雄

著者略歴　谷村《たにむら》　久雄《ひさお》（ペンネーム／谷村《たにむら》　恒星《こうせい》）

昭和 24 年	岩手県花巻市石鳥谷町生まれ
昭和 37 年	秋田県横手市立横手北小学校卒
昭和 40 年	宮城県立気仙沼市立気仙沼中学校卒
昭和 43 年	岩手県立花巻北高等学校卒
昭和 47 年	神奈川大学外国語学部卒
同　　年	岩手県立葛巻町立葛巻中学校講師
昭和 48 年	岩手県立久慈高等学校（長内、山形）講師
昭和 49 年	岩手県立高等学校　教諭
平成 17 年	岩手県立高等学校　退職

平成 5 年	岩手日報随筆賞入賞
平成 6 年	ＩＢＣノンフィクション大賞入選
平成 7 年	北の文学第三十一号　小説入賞
同　　年	岩手芸術祭　随筆部門佳作
平成 12 年	北の文学第四十号　小説入選
同　　年	北の文学第四十一号　小説入選
平成 17 年	岩手芸術祭　小説部門優秀賞
平成 19 年	岩手芸術祭　小説部門佳作

挿絵の萩焼・巨大陶芸の作者　丸山《まるやま》　陶心《とうしん》

昭和 22 年　千葉県生まれ

昭和 47 年　神奈川大学外国語学部卒

昭和 50 年　山口県の萩で萩焼を始める

日本現代工芸展、九州山口陶磁器展、西日本陶芸展、
金沢工芸展、国際陶磁器展美濃などで入選、入賞十数回

作品集「生きる道」
── 生きる目的を求めて ──

発　行	2016年10月27日
著　者	谷村　久雄
発行人	細矢　定雄
発行者	有限会社ツーワンライフ
	〒028-3621
	岩手県紫波郡矢巾町広宮沢10-513-19
	TEL.019-681-8121　FAX.019-681-8120
印刷・製本	有限会社ツーワンライフ

万一、乱丁・落丁本がございましたら、
送料小社負担でお取り替えいたします。

ISBN978-4-907161-74-3
定価（本体価格1,204円＋税）